Tucholsky   Wagner   Zola   Scott   Sydow   Freud   Schlegel
Turgenev   Wallace   Fonatne

Twain   Walther von der Vogelweide   Fouqué   Friedrich II. von Preußen
Weber   Freiligrath   Frey

Fechner   Fichte   Weiße Rose   von Fallersleben   Kant   Ernst   Richthofen   Frommel

Fehrs   Engels   Fielding   Hölderlin
Faber   Flaubert   Eichendorff   Tacitus   Dumas

Feuerbach   Maximilian I. von Habsburg   Fock   Eliasberg   Zweig   Ebner Eschenbach
Ewald   Eliot   Vergil

Goethe   Elisabeth von Österreich   London
Mendelssohn   Balzac   Shakespeare   Dostojewski   Ganghofer
Trackl   Stevenson   Lichtenberg   Rathenau   Doyle   Gjellerup
Mommsen   Tolstoi   Hambruch
Thoma   Lenz   Hanrieder   Droste-Hülshoff
Dach   Verne   von Arnim   Hägele   Hauff   Humboldt
Karrillon   Reuter   Rousseau   Hagen   Hauptmann   Gautier
Garschin   Defoe   Baudelaire
Damaschke   Descartes   Hebbel
Hegel   Kussmaul   Herder
Wolfram von Eschenbach   Schopenhauer
Bronner   Darwin   Dickens   Rilke   George
Melville   Grimm   Jerome   Bebel   Proust
Campe   Horváth   Aristoteles
Bismarck   Vigny   Barlach   Voltaire   Federer   Herodot
Gengenbach   Heine
Storm   Casanova   Tersteegen   Grillparzer   Georgy
Chamberlain   Lessing   Langbein   Gilm   Gryphius
Brentano   Lafontaine
Strachwitz   Claudius   Schiller   Kralik   Iffland   Sokrates
Katharina II. von Rußland   Bellamy   Schilling
Gerstäcker   Raabe   Gibbon   Tschechow
Löns   Hesse   Hoffmann   Gogol   Wilde   Gleim   Vulpius
Luther   Heym   Hofmannsthal   Morgenstern
Roth   Heyse   Klopstock   Klee   Hölty   Kleist   Goedicke
Luxemburg   Puschkin   Homer   Mörike
La Roche   Horaz   Musil
Machiavelli   Kierkegaard   Kraft   Kraus
Navarra   Aurel   Musset   Lamprecht   Kind   Kirchhoff   Hugo   Moltke
Nestroy   Marie de France
Nietzsche   Nansen   Laotse   Ipsen   Liebknecht
Marx   Lassalle   Gorki   Ringelnatz
von Ossietzky   May   Klett   Leibniz
vom Stein   Lawrence   Irving
Petalozzi   Platon   Knigge
Sachs   Pückler   Michelangelo   Kock   Kafka
Poe   Liebermann   Korolenko
de Sade   Praetorius   Mistral   Zetkin

Gewissensqualen

August Strindberg

Impressum

Autor: August Strindberg
Übersetzung: Marie Franzos
Umschlagkonzept: toepferschumann, Berlin

Verlag: tredition GmbH, Hamburg
ISBN: 978-3-8495-3228-4
Printed in Germany

Von Neuen Menschen

Erzählungen

von

August Strindberg

Albert Bonnier, Verlag, Leipzig

Es war vierzehn Tage nach Sedan, also Mitte September 1870. Der Beamte im preußischen geologischen Bureau, derzeit Leutnant der Reserve, Herr von Bleichroden, saß im Café du Cercle, dem vornehmsten Wirtshaus des kleinen Städtchens Marlotte, in Hemdsärmeln an dem Schreibtisch. Den Uniformrock mit dem steifen Kragen hatte er über eine Stuhllehne geworfen, und da hing er nun schlaff und zusammengefallen, wie eine Leiche, mit den leeren Ärmeln gleichsam krampfhaft die Stuhlbeine umklammernd, um sich vor einem Fall kopfüber zu schützen. Um die Mitte sah man den Einschnitt der Säbelkoppel, und der linke Rockschoß war von der Säbelscheide ganz blank poliert. Der Rücken war staubig wie eine Landstraße, – der Herr Leutnant-Geologe konnte die Tertiärschichten des Terrains auch des Abends an den Rändern seiner arg mitgenommenen Beinkleider studieren, und wenn die Ordonnanz mit ihren schmutzigen Stiefeln ins Zimmer kam, konnte er an den Spuren auf dem Fußboden sogleich sehen, ob sie über Eozän- oder Pliozänformationen gegangen war.

Er war wirklich mehr Geologe als Militär, aber für den Augenblick war er Briefschreiber. Er hatte die Augengläser auf die Stirn geschoben, saß mit ruhender Feder da und blickte zum Fenster hinaus. Der Garten lag in seiner ganzen herbstlichen Pracht vor ihm, die Äpfel- und Birnbäume bogen sich unter der Last der schönsten Früchte schier zu Boden. Orangerote Kürbisse sonnten sich neben zackigen, graugrünen Artischocken, feuerrote Tomaten kletterten auf Stäben neben watteweißen Blumenkohlköpfen empor; Sonnenblumen, so groß wie Teller, kehrten ihre gelben Scheiben nach Westen, wo die Sonne zu sinken begann; ganze Wäldchen von Dahlien, weiß wie frischgestärkte Wäsche, purpurrot wie geronnenes Blut, schmutzigrot wie frischgeschlachtetes Fleisch, schwefelgelb, flachsfarben, scheckig, fleckig, sangen ein einziges großes Farbenkonzert. Und dann der Kiesweg, von zwei Reihen Riesenlevkojen bewacht, schwach fliederfarben, blendend eisblau, strohgelb, sie dehnten die Perspektive bis dorthin aus, wo die Weingärten braungrün standen, ein kleiner Wald von Tyrsosstäben, die errötenden Trauben halb unter dem Laub verborgen. Und dahinter: die weißlichen ungeernteten Halme der Getreidefelder mit den übervollen Ähren, die traurig zu Boden hingen, mit ausgespreiteten Hülsen und Deckblättern, bei jedem Windstoß der Erde ihr Pfand wiedergebend, zersprengt von Säften wie der Busen der Mutter, die ihr Kind nicht stillen darf. Und ganz im Hintergrund die dunklen Eichenkronen und Buchenwipfel des Fontainebleauer Waldes, deren Konturen sich zu den feinsten Arabesken aufgelöst hatten, alten Brabanter Spitzen gleichend, durch deren äußerste Maschen die wagrechten Strahlen der Abendsonne Goldfäden zogen. Noch besuchten einige Bienen die prachtvollen Honigschätze im Garten; ein Rotkehlchen schlug in einem Apfelbaum ein paar einfache Triller. Aber starke Duftwellen kamen hier und da stoßweise von den Levkojen, so, wie wenn man über ein Trottoir geht und die Türe zu einem Parfümladen sich öffnet. Der Leutnant saß mit ruhender Feder da und schien ganz benommen von dem prachtvollen Anblick. Welches schöne Land, dachte er, und seine Gedanken gingen zu den Sandwüsten seiner Heimat, von ein paar elenden Zwergkiefern punktiert, die ihre hageren Arme zum Himmel streckten, als bäten sie um Gnade, nicht im Sande ertrinken zu müssen.

Aber das herrliche Bild, das von dem Fenster wie von einem Rahmen eingefaßt war, wurde von Zeit zu Zeit mit der Regelmäßigkeit eines Pendels durch das Gewehr der Schildwache beschattet, deren blank blitzendes Bajonett das Gemälde mitten durchschnitt und unter einem Birnbaum kehrt machte, der mit den schönsten zinnobergrünen und kadmiumgelben Napoleonsbirnen behangen war. Der Leutnant dachte einen Augenblick daran, den Mann zu bitten, einen anderen Weg zu wählen, aber er wagte es nicht. So ließ er, um den Blitzen des Bajonetts zu entgehen, seine Augen links über den Hof schweifen. Da stand das Hinterhaus mit seiner gelb getünchten fensterlosen Mauer, und ein alter, knorriger Weinstock war an die Mauer genagelt wie ein skelettiertes Säugetier in einem Museum. Aber er hatte weder Laub noch Trauben, er war tot und stand da wie ein Gekreuzigter an das verfaulende Spalier geschlagen, seine langen sehnigen Arme und Finger ausstreckend, als wollte er die Schildwache, jedesmal, wenn sie in seiner Nähe kehrt machte, in einer einzigen gespenstischen Umarmung zerpressen.

Der Leutnant kehrte sich von diesem Bilde ab und wandte seine Blicke dem Schreibtisch zu. Da lag der unvollendete Brief an seine junge Frau, die vor vier Monaten sein geworden, zwei Monate, ehe der Krieg ausbrach. Neben dem Feldstecher und der französischen Generalstabskarte lag Hartmanns Philosophie des Unbewußten und

Schopenhauers Parerga und Paralipomena. Plötzlich stand er vom Tische auf und ging ein paarmal durchs Zimmer. Es war der Versammlungs- und Speisesaal der nun geflüchteten Künstlerkolonie. Das Getäfel der Wände war in den Kassettierungen mit Ölgemälden geschmückt, Erinnerungen an sonnige Stunden in dem schönen gastfreien Lande, das dem Fremden so großherzig seine Kunstschulen und Ausstellungen erschloß. Hier waren tanzende Spanierinnen, römische Mönche, Küstenpartien aus der Normandie und Bretagne, holländische Windmühlen, norwegische Fischerdörfer und Schweizer Alpen. In einer Ecke hatte sich eine Walnußstaffelei verkrochen und schien sich vor einigen drohenden Bajonetten im Schatten bergen zu wollen. Eine mit erst halb eingetrockneten Farben beschmierte Palette hing da und sah aus wie eine ausgenommene Leber in einem Charcuteriefenster. Ein paar feuerrote spanische Milizmützen, die Uniformkappe der Maler, hingen verschwitzt und von Regen und Sonne ausgeblaßt am Kleiderhänger. Der Leutnant fühlte sich geniert, wie jemand, der sich in eine fremde Wohnung eingedrängt hat und jeden Augenblick gewärtig sein muß, daß der Besitzer heimkommt und ihn überrascht. Er machte darum bald auf seiner Promenade halt und setzte sich an den Tisch, um seinen Brief weiterzuschreiben. Er hatte die ersten Seiten fertig, sie waren voll herzlicher Ergüsse der Trauer, der Sehnsucht und der Befürchtungen, hatte er doch kürzlich Nachrichten bekommen, die seine frohe Hoffnung, daß er Vater werden sollte, bestätigten. Er tauchte nun die Feder ein, mehr um sich mit jemandem auszusprechen, als um eigentlich Neuigkeiten mitzuteilen oder Nachrichten zu verlangen. Und so schrieb er:

»... So zum Beispiel, als ich mit meinen hundert Mann nach vierzehnstündigem Marsch ohne Essen oder Wasser zu einem Walde kam, wo wir einen stehengebliebenen Proviantwagen fanden. Weißt Du, was da geschah? Ausgehungert, so daß ihnen die Augen aus dem Kopfe standen wie Bergkristalle aus dem Granit, löste sich die Truppe auf und stürzte sich wie die Wölfe auf die Vorräte, und da diese für kaum fünfundzwanzig Mann reichten, gerieten sie in ein Handgemenge. Auf meine Kommandoworte achtete niemand, und als der Sergeant mit dem Säbel auf sie losging, schlugen sie ihn mit den Gewehrkolben zu Boden. Sechzehn Mann blieben verwundet, halb sterbend, auf dem Platze liegen. Die über den Proviant kamen, aßen so zügellos, daß sie krank wurden und sich auf die Erde legen mußten, wo sie sogleich einschliefen. Das waren Landsleute gegen Landsleute, reißende Tiere, die sich um das Futter balgten. Oder, als wir eines Tages Order bekamen, in aller Eile Schießwälle aufzurichten. In der waldlosen Gegend war nichts anderes zugänglich als die Weinranken und ihre Stäbe. Es war ein empörender Anblick, zu sehen, wie die Weingärten in einer Stunde verwüstet waren, wie die Stöcke mit Laub und Trauben ausgerissen wurden, um zu Faschinen gebunden zu werden, die noch ganz naß vom Saft der zerquetschten halbreifen Trauben waren. Man versicherte mir, es seien vierzigjährige Weinstöcke. Wir zerstörten also die Arbeit von vierzig Jahren in einer Stunde. Und dies um, selbst geschützt, die niederzuschießen, die die Faschinen gezogen hatten. Oder als wir in einem ungemähten Weizenfeld tirailliern mußten, wo das Korn uns um die Füße rieselte wie Hagel, und die Halme sich niederlegten, um beim nächsten Regenschauer zu faulen. Glaubst Du, teure, geliebte Frau, daß man in der Nacht nach solchen Taten ruhig schlafen kann? Und doch, was habe ich anderes getan als meine Pflicht? Und da wagt man noch zu behaupten, das Bewußtsein erfüllter Pflicht sei das beste Ruhekissen.

Aber noch schlimmere Dinge stehen bevor. Du hast vielleicht gehört, daß die französische Bevölkerung, um ihre Armee zu vergrößern, sich en masse erhoben und Freikorps gebildet hat, die unter dem Namen von Franktireurs ihre Höfe und Felder zu schützen suchen. Die preußische Regierung hat sie nicht als Soldaten anerkennen wollen, sondern man hat gedroht, sie als Spione oder Verräter niederschießen zu lassen, wo man sie antrifft. Weil, sagt man, die Staaten es sind, die Krieg führen, und nicht die Individuen. Aber sind die Soldaten nicht Individuen? Und sind diese Franktireurs nicht Soldaten? Sie haben eine graue Uniform wie die Jägerregimenter, und die Uniform macht doch den Soldaten. Aber sie sind nicht einregistriert, wendet man ein. Ja, sie sind nicht einregistriert, weil die Regierung nicht die Zeit hatte, sie assentieren zu lassen, oder weil die Kommunikationen mit den Provinzen nicht so zugänglich waren, daß es geschehen konnte. Ich habe gerade jetzt drei solche Gefangene hier im Billardsaal nebenan und erwarte jeden Augenblick Order vom Hauptquartier über ihr Schicksal.«

Hier unterbrach er sich im Schreiben und klingelte der Ordonnanz. Dieser, der seinen Posten im Schankzimmer hatte, stand augenblicklich im Saale vor dem Leutnant.

»Wie ist es mit den Gefangenen?« fragte Herr von Bleichroden.

»Zu Befehl, Herr Leutnant, sie spielen gerade Guerre und sind guter Dinge.«

»Geben Sie ihnen ein paar Flaschen Weißwein, aber von der schwächsten Sorte ... Nichts vorgefallen?«

»Nichts vorgefallen. Zu Befehl, Herr Leutnant.«

Herr Bleichroden schrieb weiter:

»Welches eigentümliche Volk, diese Franzosen! Die drei Freischärler, die ich erwähnte, und die vielleicht (ich sage vielleicht weil ich noch immer das beste hoffe), vielleicht in ein paar Tagen zum Tode verurteilt werden, spielen jetzt im Zimmer neben mir Billard, und ich höre ihre Queues an die Bälle schlagen! Welche lustige Weltverachtung! Aber es ist ja großartig, so von hinnen geben zu können! Oder es beweist, daß das Leben recht wenig wert ist, wenn man sich so leicht davon trennen kann. Ja, ich meine, wenn man nicht so liebe Bande hat, die einen ans Dasein fesseln, wie ich. Du mißverstehst mich doch nicht und glaubst, ich meine, daß ich gebunden bin ... Ach, ich weiß nicht, was ich schreibe, denn ich habe seit vielen Nächten nicht geschlafen, und mein Kopf ist so ...«

Jetzt klopfte es an die Türe. Auf das »Herein« des Leutnants öffnete sie sich, und der Pfarrer des Dorfes trat ein. Es war ein fünfzigjähriger Mann von freundlichem, bekümmertem, aber höchst entschlossenem Aussehen.

»Herr Leutnant,« begann er. »Ich komme, Sie um die Erlaubnis zu bitten, mit den Gefangenen sprechen zu dürfen.

Der Leutnant erhob sich, zog seinen Rock an und bedeutete dem Pfarrer, auf dem Sofa Platz zu nehmen. Aber als er den engen Rock zugeknöpft hatte und der steife Kragen seinen Hals gleich einer Zange umklammerte, da war es, als wären die edleren Organe zusammengeschnürt und als hielte das Blut auf seinen geheimen Wegen zum Herzen inne. Die Hand auf dem Schopenhauer, an den Schreibtisch gelehnt, sagte er: »Nach Ihrem Belieben, Herr Pfarrer, aber ich glaube nicht, daß die Gefangenen Ihnen viel Aufmerksamkeit schenken werden, sie sind gerade in einer Partie Karambol begriffen.«

»Ich glaube, Herr Leutnant,« erwiderte der Pfarrer, »daß ich meine Leute besser kenne als Sie! Eine Frage: Wollen Sie diese Jungen erschießen lassen?«

»Natürlich,« erwiderte Herr von Bleichroden vollständig in seiner Rolle. »Die Staaten sind es, die Krieg führen, Herr Pfarrer, nicht die Individuen.«

»Mit Verlaub, Herr Leutnant, Sie und Ihre Soldaten, sind Sie keine Individuen?«

»Mit Verlaub, Herr Pfarrer, derzeit nicht!«

Er legte den Brief an seine Frau unter das Löschpapier und fuhr fort:

»Ich bin in diesem Augenblick nur ein Repräsentant der deutschen Bundesstaaten.«

»Sehr wahr, Herr Leutnant, Ihre liebenswürdige Kaiserin, die Gott in alle Ewigkeit beschützen möge, war auch eine Repräsentantin der deutschen Bundesstaaten, als sie ihre Proklamation an die deutsche Frau erließ, den Verwundeten beizustehen, und ich kenne tausend französische Individuen, die sie segnen, während die französische Nation Ihre Nation verwünscht. Herr Leutnant, in Jesu, des Erlösers Namen (hier stand der Pfarrer auf, ergriff die Hände des Feindes und fuhr mit tränenerstickter Stimme fort), können Sie sich nicht an Sie wenden ...«

Der Leutnant war nahe daran, die Fassung zu verlieren, aber er raffte sich wieder auf und sagte:

»Bei uns haben die Frauen noch nichts in die Politik dreinzureden.«

»Das ist schade,« antwortete der Geistliche und richtete sich auf.

Der Leutnant schien zum Fenster hinausgehorcht zu haben, so daß er auf die Antwort des Geistlichen nicht achtete. Er wurde unruhig, und sein Gesicht war ganz bleich, denn der steife Kragen konnte das Blut nicht länger oben halten.

»Bitte, sitzen Sie doch, Herr Pfarrer,« sagte er aufs Geratewohl. »Wenn Sie mit den Gefangenen zu sprechen wünschen, so steht es Ihnen frei, aber bleiben Sie doch noch einen Augenblick sitzen.« (Er horchte wieder hinaus, und jetzt hörte man deutlich Hufschläge, zwei und zwei, wie von einem Pferd im gestreckten Galopp.)

»Nein, gehen Sie noch nicht, Herr Pfarrer –« sagte er mit keuchendem Atem. Der Geistliche blieb. Der Leutnant streckte sich, so weit er konnte, zum Fenster hinaus. Das Pferdegetrappel kam immer näher, bis es im Schritt ging, noch langsamer wurde, aufhörte. Säbel- und Sporenrasseln, Schritte, und Herr von Bleichroden hielt einen Brief in der Hand. Er riß ihn auf und las.

»Wieviel Uhr ist es?« fragte er sich selbst. – »Sechs. Also in zwei Stunden, Herr Pfarrer, sollen die Gefangenen erschossen werden, ohne Urteil und Untersuchung.«

»Unmöglich, Herr Leutnant, so schickt man Menschen nicht in die Ewigkeit.«

»Ewigkeit oder nicht, die Order lautet, daß es vor der Betstunde abgemacht sein muß, falls ich mich nicht selbst als einer betrachten will, der mit den Freischärlern gemeinsame Sache gemacht hat. Und dann folgt ein scharfer Verweis, daß ich nicht schon die Order vom 31. August ausgeführt habe. Herr Pfarrer, gehen Sie hinein und sprechen Sie mit ihnen, ersparen Sie mir die Unannehmlichkeit ...«

»Sie betrachten es als eine Unannehmlichkeit, ein gerechtes Urteil zu verkünden?«

»Aber ich bin doch schließlich ein Mensch, Pfarrer. Glauben Sie, daß ich kein Mensch bin?«

Er riß den Rock auf, um Luft zu bekommen, und begann im Zimmer auf und ab zu gehen.

»Warum dürfen wir nicht immer Menschen sein? Warum müssen wir Doppelgänger sein? O, o, Herr Pfarrer, gehen Sie hinein und sprechen Sie mit ihnen! Sind es verheiratete Männer? Haben sie Frau und Kinder? Vielleicht Eltern?«

»Sie sind alle drei unverheiratet,« erwiderte der Pfarrer. »Aber diese Nacht könnten Sie ihnen doch wenigstens schenken!«

»Unmöglich. Die Order lautet: vor der Betstunde, und bei Tagesgrauen müssen wir aufbrechen. Gehen Sie zu ihnen hinein, Herr Pfarrer! Gehen Sie zu ihnen hinein!«

»Ich werde gehen! Aber achten Sie darauf, Herr Leutnant, daß Sie nicht in Hemdsärmeln fortgehen, Sie würden demselben Schicksal verfallen wie jene, denn der Rock ist es ja, der den Soldaten macht!«

Und der Geistliche ging.

Herr von Bleichroden schrieb die letzten Zeilen seines Briefes in sehr erregter Verfassung. Dann versiegelte er ihn und klingelte der Ordonnanz.

»Befördern Sie diesen Brief,« sagte er dem Eintretenden, »und schicken Sie mir den Sergeanten herein.«

Der Sergeant kam.

»Dreimal drei macht neunundzwanzig, nein dreimal sieben ist ... Sergeant, Sie nehmen dreimal ... nehmen siebenundzwanzig Mann und füsilieren die Gefangenen in einer Stunde, hier ist die Order!«

»Erschießen?« fragte der Sergeant zögernd.

»Füsilieren, ja! Wählen Sie die schlechtesten Leute, solche, die schon früher im Feuer gewesen sind. Sie verstehen. Nr. 86, Besel zum Beispiel, Nr. 19 Gewehr und in dieser Art! Beordern Sie weiter mir eine kleine Handtruppe von sechzehn Mann, jetzt, sofort! Die besten Kerle! Wir wollen in der Gegend von Fontainebleau rekognoszieren, und wenn wir zurückkommen, soll es geschehen sein, haben Sie verstanden?«

»Sechszehn Mann Handtruppe für den Herrn Leutnant, siebenundzwanzig für die Gefangenen. Gott schütze den Herrn Leutnant!«

Und damit ging er.

Der Leutnant knöpfte seinen Rock sorgfältig zu, schnallte die Koppel um den Leib und steckte einen Revolver in die Tasche. Dann zündete er eine Zigarre an, aber er konnte unmöglich rauchen, es fehlte an Luft in den Lungen. Er staubte seinen Schreibtisch ab. Er nahm sein Taschentuch und überwischte die Papierschere, die Siegellackstange und die Zündholzschachtel. Er legte Lineal und

Federstiel parallel, gerade im rechten Winkel zum Löschpapier. Dann begann er die Möbel zurechtzustellen. Als das geschehen war, nahm er Kamm und Bürste und ordnete sein Haar vor dem Spiegel. Er nahm die Palette herunter und untersuchte die Farbenkleckse, er probierte all die roten Mützen und versuchte, die Staffelei auf zwei Beinen zum Stehen zu bringen. Als das Gewehrklirren der Handtruppe auf dem Hof zu hören war, gab es keinen Gegenstand im Zimmer, mit dem er nicht hantiert hatte. Und nun ging er hinaus. Kommandierte linksum marsch, und zog aus dem Dorfe. Es war, als liefe er vor einer feindlichen Übermacht davon, die Truppe hatte Mühe ihm zu folgen. Als er auf das Feld hinauskam, ließ er die Leute im Gänsemarsch gehen, damit das Gras nicht zertreten wurde. Er drehte sich nicht um, aber der dicht hinter ihm ging, konnte sehen, wie das Tuch auf dem Rücken seines Rockes sich von Zeit zu Zeit im Krampf zusammenzog, so, wie wenn man erschauert oder einen Schlag von rückwärts erwartet. Am Waldessaum wurde Halt kommandiert. Er befahl der Mannschaft, sich still zu verhalten und zu rasten, während er in den Wald ging.

Als er nun in der Einsamkeit war und sich überzeugt hatte, daß niemand ihn sehen konnte, atmete er tief auf und wandte sich dem dunklen Dickicht zu, von wo die kleinen Pfade nach Gorge-aux-Loups führen. Das Knieholz und die Büsche lagen schon im Schatten, aber dort oben auf die Wipfel der Eichen und Buchen leuchtete die Sonne noch grell. Er hatte das Gefühl, als läge er auf dem dunklen Meeresgrunde und sähe durch das grüne Wasser das Tageslicht, das er nie mehr erreichen sollte. Der große, wunderschöne Wald, der sonst seinem kranken Gemüt Labsal gewesen, war an diesem Abend so unharmonisch, so abstoßend, so kalt. Das Leben lag so herzlos, so widersprechend, so voll Doppelzüngigkeit vor ihm, und es schien ihm, daß die Natur selbst in ihrem unbewußten, unfreien Schlummerleben unglücklich aussehe. Auch hier wurde der gräßliche Kampf ums Dasein geführt, unblutig allerdings, aber ebenso grausam wie draußen im wachen Leben. Er sah, wie die kleinen Eichen sich zu Büschen aufblähten, um die zarten Buchenpflanzen zu töten, die nie mehr als Pflänzchen werden sollten, und von tausend Buchen konnte nur eine zum Licht empordringen und ein Riese werden, der seinerseits den anderen das Leben stehlen würde. Und die Eiche, die rücksichtslose, die ihre knorrigen, rohen Arme ausstreckte, als wollte sie die ganze Sonne für sich allein behalten, die hatte den unterirdischen Kampf erfunden. Sie sandte ihre langen Wurzeln nach allen Seiten aus, den Boden unterminierend, sie fraß den anderen die allerkleinsten Nahrungspartikelchen weg, und wenn sie ihre Widersacher nicht zu Tode beschatten konnte, so hungerte sie sie tot. Die Eiche hatte schon den Tannenwald gemordet, aber die Buche kam als Rächer, langsam, aber sicher, denn wo sie zur Macht kommt, töten ihre scharfen Säfte alles. Sie hatte die Vergiftungsmethode erfunden, und die war unwiderstehlich, kein Kraut konnte in ihrem Schatten wachsen, die Erde rings um sie war schwarz wie ein Grab, und darum gehörte die Zukunft ihr.

Er wanderte und wanderte vorwärts, vorwärts. Er schlug mit dem Säbel um sich, ohne daran zu denken, wie viele junge Eichenhoffnungen er vernichtete, wie viele geköpfte Krüppel er ins Leben rief. Er dachte kaum mehr, denn alle Tätigkeiten seiner Seele lagen wie in einem Mörser zu Brei zerquetscht. Gedanken versuchten sich heraus zu kristallisieren, aber lösten sich auf und schwammen fort. Erinnerungen, Hoffnungen, Groll, weiche Gefühle und ein einziger großer Haß gegen alles Ungerechte, das durch eine unergründliche Naturmacht die Welt lenkt, verschmolzen in seinem Hirn, so als hätte ein inneres Feuer plötzlich die Temperatur erhöht und alle festen Bestandteile gezwungen, flüssige Form anzunehmen. Plötzlich zuckte er zusammen und hielt in einem gewaltigen Hieb inne, denn aus Marlotte kam ein Laut über die Felder herangerollt und vervielfältigte sich in dem Hohlweg der Wolfsschlucht. Das war die Trommel. Zuerst ein langer Wirbel. Trrrrrrrrrom. Und – dann Schlag auf Schlag, dumpf, schwer, eins zwei, so, wie wenn man einen Sarg zunagelt und das Trauerhaus zu stören fürchtet. Trrrrom, trrrrom. – Trom – trom! Er zog die Uhr. Dreiviertel sieben! In einer Viertelstunde sollte es geschehen! Er wollte nach Hause gehen und es ansehen! Nein, aber er war doch geflohen! Nicht um alles in der Welt wollte er es sehen! Und dann stieg er auf einen Baum.

Jetzt sah er das Dorf, so hell, so fröhlich mit seinen Gärtchen und dem Kirchturm, der sich über den Dachfirsten erhob. Mehr sah er nicht. Er hielt die Uhr in der Hand und verfolgte den Sekundenzeiger. Pick, pick, pick, pick. Er rannte rund um das kleine Zifferblatt, so rasch, so rasch. Aber der lange Minutenzeiger, dem gab es jedesmal einen Ruck, wenn der Kleine eine Runde gemacht hatte, und der bedächtige Stundenzeiger, der stand stille, schien es ihm, aber er ging wohl auch.

Jetzt fehlten noch fünf Minuten auf sieben Uhr. Er umklammerte fest, so recht fest den blanken, schwarzen Buchenast, die Uhr zitterte in seiner Hand, die Pulse pochten in den Ohren, und er fühlte eine glühende Hitze in den Haarwurzeln. – Krasch, klang es, ganz so, wie wenn eine Planke bricht, und über einem schwarzen Schieferdach und einem weißen Apfelbaum stieg nun ein blauer Rauch über dem Dorfe auf, blauweiß, wie ein Frühlingswölkchen, aber über der Wolke schoß ein Ring, zwei Rings, viele Ringe in die Luft empor, so, als hätte man nach Tauben geschossen und nicht auf eine Wand.

»Alle waren doch nicht so schlecht, wie ich glaubte,« dachte er bei sich selbst, als er aus dem Baum herunterkletterte, jetzt, da es geschehen war, gleichsam ruhiger. Und nun begann die kleine Dorfglocke zu läuten, Seelenruhe, Seelenfrieden für die Toten, die ihre Pflicht erfüllt hatten, aber nicht für alle Lebenden, die die ihre erfüllten. Die Sonne war untergegangen, und der Mond, der den ganzen Nachmittag blaßgelb am Himmel gehangen hatte, begann sich nun zu röten und an Lichtstärke zuzunehmen, als der Leutnant mit seiner Handtruppe auf Montcourt zu marschierte, noch immer von dem Geläute der kleinen Glocke verfolgt. Die Truppe kam auf die große Chaussee nach Nemours, und diese Straße mit ihren zwei Reihen Pappeln schien eigens für Märsche gemacht. Und so wurde marschiert, bis die Dunkelheit anbrach und der Mond scharf leuchtete. Rückwärts hatte man schon zu flüstern begonnen, und ein geheimes Beratschlagen ging durch die Reihen, ob man nicht den Korporal beauftragen solle, dem Leutnant anzudeuten, daß die Gegend unsicher sei und man ins Quartier zurück müsse, um bei Tagesgrauen aufbrechen zu können – als Herr von Bleichroden ganz unvermutet Halt kommandierte. Man war auf einer Anhöhe stehengeblieben, von der aus man Marlotte sehen konnte. Der Leutnant stand ganz still wie ein Hühnerhund, wenn er die Beute aufgespürt hat. Jetzt ging die Trommel wieder. Und nun schlug die Kirchturmuhr in Montcourt neun, und dann schlug sie in Grèz, in Bourron, in Nemours, und dann begannen all die kleinen Glocken zur Vesper zu läuten, die eine schriller als die andere, aber durch sie alle hindurch drang die Glocke in Marlotte. Die rief: Hilf – hilf! Hilf – hilf! Und Herr von Bleichroden konnte nicht helfen! Jetzt lief ein Dröhnen über den Boden, wie aus den Eingeweiden der Erde: das war der Nachtschuß aus dem Hauptquartier in Chalons. Und durch die leichten Abendnebel, die sich gleich großen Watteflocken über dem kleinen Flüßchen Loin gelagert hatten, drang das Mondlicht und erhellte den Fluß, so daß er einem Lavastrom glich, der in der Ferne aus dem gleich einem Vulkan ansteigenden schwarzen Fontainebleauer Walde strömte. Der Abend war erstickend warm, aber die Soldaten waren alle weiß im Gesicht, so daß die Fledermäuse, die sie umschwärmten, dicht an ihren Ohren vorbeisausten, wie sie es tun, wenn sie etwas Weißes sehen. Alle wußten, woran der Leutnant dachte, aber sie hatten ihn nie so seltsam gesehen, und sie fürchteten, daß es mit diesem sinnlosen Rekognoszieren auf der großen Heerstraße nicht recht geheuer sei. Endlich nahm der Korporal all seinen Mut zusammen, ging auf ihn zu und machte ihn unter der Form eines Rapports darauf aufmerksam, daß der Zapfenstreich geblasen war. Herr von Bleichroden nahm die Mitteilung demütig auf, so wie man einen Befehl entgegennimmt, und kommandierte zum Heimmarsch.

Als sie eine Stunde später in die erste Straße von Marlotte einrückten, beobachtete der Korporal, daß das rechte Bein des Leutnants sich in der Kniekehle zusammenzog, so, als hätte er den Spat, und daß er in einer Diagonale ging wie die Roßfliege. Auf dem Marktplatz wurde die Truppe ohne Abendandacht verabschiedet, und der Leutnant verschwand.

Er wollte nicht gleich zu sich nach Hause gehen. Irgend etwas zog ihn, er wußte nicht, wohin. Er lief herum, mit aufgerissenen Augen und geblähten Nüstern wie ein Jagdhund. Er musterte die Mauern und witterte nach einem Geruch, der ihm wohlbekannt war. Doch er sah nichts und begegnete keinem Menschen.

Er wollte sehen, wo »es« geschehen war. Aber er fürchtete sich auch davor, es zu sehen. Endlich wurde er müde und ging heim. Auf dem Hofe blieb er stehen und ging um das Hinterhaus herum. Da stieß er auf den Sergeanten und erschrak so, daß er sich an die Wand lehnen mußte. Auch der Sergeant erschrak, aber er faßte sich wieder und begann:

»Habe Herrn Leutnant gesucht, um Rapport abzulegen.«

»Schon gut, schon gut! Alles in Ordnung! Gehen Sie nach Hause und legen Sie sich schlafen!« antwortete Herr von Bleichroden, als fürchtete er, Details zu erfahren.

»Zu Befehl, Herr Leutnant, aber es war ...«

»Ist schon gut! Gehen Sie! Gehen Sie! Gehen Sie!« Und er sprach so rasch, so ununterbrochen, daß es dem Sergeanten nicht möglich war, ein Wort einzuflechten. Jedesmal, wenn er den Mund öffnete, wurde er mit einem Wortschwall überschüttet, so daß er es schließlich aufgab und seiner Wege ging.

Da atmete der Leutnant wieder auf, und es war ihm zumute wie einem Knaben, der einer Tracht Prügel entwischt ist.

Er war jetzt im Garten. Der Mond leuchtete grell auf die gelbe Küchenmauer, und der Weinstock streckte seine Skelettarme wie in einem langen, langen Gähnen aus. Aber, was war dies? Vor zwei, drei Stunden war er tot gewesen, ohne Laub, nur ein graues Gerippe, das sich in Konvulsionen wand, und nun, hingen da nicht die schönsten roten Trauben, und hatte der Stock sich nicht begrünt! Er ging näher heran, um nachzusehen, ob es denn derselbe Weinstock war.

Als er an die Mauer kam, trat er in etwas Klebriges und atmete diesen schalen, widerlichen Geruch, den man in Fleischerläden spürt. Und nun sah er, daß es derselbe Weinstock war, ganz derselbe, aber der Kalk der Mauer war zerschossen und blutbespritzt. Da war es also! Da war »es« geschehen!

Er ging sogleich wieder fort. Als er in den Hausflur kam, rutschte er über etwas Schlüpfriges, das an seinen Fußsohlen hing. Er zog draußen die Stiefel ab und warf sie auf den Hof hinaus. Dann ging er in sein Zimmer, wo für ihn zum Abendbrot gedeckt war. Er hatte furchtbaren Hunger, aber er konnte nicht essen. Er blieb stehen und sah stier den gedeckten Tisch an. Da lag alles so schmuck hergerichtet: der Butterhügel war so fein, so weiß, mit dem kleinen in die Spitze eingedrückten Radieschen. Das Tischzeug war weiß, und er sah, daß es mit Buchstaben gestickt war, die nicht die Initialen seines oder seiner Frau Namen waren, der runde Ziegenkäse lag so zierlich auf seinen Weinblättern, als hätte noch etwas anderes als die Furcht vor Aushebung oder Brandschatzung mitgespielt. Das schöne weiße Brot, so ganz anders als die braunen Roggenlaibe, der rote Wein in der geschliffenen Karaffe, die zart rosenroten Hammelschnitten, alles schien von freundlichen Händen geordnet. Aber er scheute sich, das Essen zu berühren. Plötzlich ergriff er die Glocke und klingelte. Augenblicklich kam die Wirtin und blieb in der Türe stehen, ohne ein Wort zu sagen. Sie sah an seinen Füßen herab und wartete auf einen Befehl. Der Leutnant wußte nicht, was er wollte und erinnerte sich nicht mehr, warum er geläutet hatte. Aber etwas sagen mußte er.

»Sind Sie mir böse?« stieß er hervor.

»Nein, mein Herr,« antwortete die demütige Frau. »Wünschen Sie etwas, mein Herr?« Und sie sah wieder seine Füße an.

Er blickte an sich herab, um zu sehen, was ihr auffiel, und da entdeckte er, daß er in Strümpfen dastand und daß der Boden voll Fußspuren war, roten Spuren mit dem Abdruck der Zehen, da, wo der Strumpf durchgegangen war, denn so lange war er an diesem Tage marschiert.

»Geben Sie mir Ihre Hand, Madame,« sagte er und streckte die seine aus.

»Nein,« erwiderte die Frau und sah ihm gerade in die Augen, und damit ging sie.

Herr von Bleichroden schien nach diesem Schimpf Mut zu fassen. Er nahm einen Stuhl, um sich zum Essen hinzusetzen. Er ergriff die Fleischschüssel und wollte sich vorlegen, aber als der Fleischgeruch in die Nähe seines Gesichts kam, wurde ihm übel. Er stand auf, öffnete das Fenster und warf die ganze Schüssel in den Hof. Er zitterte am ganzen Körper und fühlte sich krank. Sein Auge war so empfindlich, daß das Licht ihn quälte und alle starken Farben ihn irritierten. Er warf jetzt die Weinflasche heraus, er nahm das rote Radieschen aus der Butter, die roten Malermützen, die Palette, alles, was rot war, mußte hinaus.

Und dann legte er sich auf das Bett. Seine Augen waren müde, aber sie konnten sich nicht schließen. So lag er eine Weile, bis er Stimmen im Schankzimmer hörte. Er wollte nicht lauschen, aber seine Ohren mußten hören, und er hörte, daß es zwei Korporale waren, die beim Biere saßen. Und sie sprachen:

»Das waren stramme Kerle, die zwei Kleinen, aber der Lange war mau.«

»Das kann man nicht sagen, weil er wie ein Stück Holz hinfiel, er hat uns gebeten, ihn am Spalier festzubinden, denn er wollte stehen, sagte er.«

»Aber die anderen, Teufel, Teufel, standen sie nicht da, die Arme über der Brust gekreuzt, als sollten sie photographiert werden?«

»Ja, aber als der Pfarrer ins Billardzimmer zu ihnen kam und ihnen sagte, alles sei kaput, da sollen sie alle drei mitten auf den Fußboden gebrochen haben, so sagte der Sergeant wenigstens, aber geschrien haben sie nicht, und keinen Muckser um Gnade.«

»Ja, das waren Teufelskerle! Dein Wohl!«

Herr von Bleichroden bohrte den Kopf in die Kissen und stopfte sich die Decke in die Ohren. Aber dann stand er auf. Es war, als zöge und zöge ihn etwas zu der Türe, hinter der die Sprechenden saßen. Er wollte mehr hören, aber die Männer sprachen jetzt leise. Er schlich sich darum näher, und den Rücken im rechten Winkel gespannt, legte er das Ohr an das Schlüsselloch und horchte.

»Aber hast du unsere Leute gesehen? Waren sie nicht grau wie Pfeifenasche, und wie viele in die Luft geschossen haben! Sprechen wir gar nicht davon. Aber was sie brauchten, haben sie doch bekommen! Es war, wie wenn man aus Krammetsvögel mit Karteschen schießen würde.«

»Und hast du die Rotjacken gesehen, die mit den Kaffeetrommeln dastanden und Opern sangen! Als es knallte, war es, als schneuzte man ein Licht. Sie rollten ins Erbsenbeet wie die Spatzen und schlugen mit den Flügeln und verdrehten die Augen. Und die alten Weiber, wie sie dann kamen und die Stücke aufklaubten. Oh! Oh! Oh! Aber so geht's im Krieg zu! Dein Wohl!«

Herr von Bleichroden hatte genug gehört, und das Blut hatte sein Hirn so überfüllt, daß er nicht einschlafen konnte. Er ging in das Schankzimmer und bat die Leute, doch nach Hause zu gehen.

Dann kleidete er sich aus, tauchte den Kopf in die Waschschüssel, nahm seinen Schopenhauer und legte sich hin, um zu lesen. Und er las mit fliegenden Pulsen: Geburt und Tod gehören auf gleiche Weise zum Leben und halten sich das Gleichgewicht als wechselseitige Bedingungen voneinander, oder als Pole der gesamten Lebenserscheinung. Die weiseste aller Mythologien, die indische, drückt dieses dadurch aus, daß sie gerade dem Gotte, welcher die Zerstörung, den Tod, symbolisiert, gerade dem Schiwa, zugleich mit dem Halsband von Totenköpfen den Lingam zum Attribut gibt, dieses Symbol der Zeugung ... der Tod ist die schmerzhafte Auflösung des Knotens, der bei der Schöpfung in Wollust geknüpft wurde, er ist die gewaltsame Zerstörung des Grundirrtums unseres Daseins, er ist die Befreiung von einem Wahn.

Er ließ das Buch sinken, denn er hörte jemanden, der in seinem eigenen Bette schrie und um sich schlug. Wer war im Bette? Er sah einen Körper, dessen Unterleib von Krämpfen zusammengepreßt wurde und dessen Brustkorb gespannt stand wie die Dauben eines Fasses, und er hörte eine seltsame hohle Stimme unter den Decken schreien. Das war ja sein eigener Körper! War er denn entzwei gegangen, da er sich selbst sah, sich selbst wie eine andere Person hörte? Die Schreie dauerten fort. Die Türe öffnete sich, und die demütige Frau trat ein, vermutlich nach einem Klopfen.

»Was befiehlt der Herr Leutnant?« fragte sie mit brennenden Augen und einem eigentümlichen Lächeln um die Lippen.

»Ich?« antwortete der Kranke, »nichts! Aber er ist, glaube ich, sehr krank und will gewiß einen Arzt haben.«

»Hier gibt es keinen Arzt, aber der Pfarrer pflegt uns zu helfen,« antwortete die Frau, die nicht mehr lächelte.

»So holen Sie also den Pfarrer,« sagte der Leutnant, »er mag zwar sonst keine Geistlichen.«

»Aber wenn er krank ist, mag er sie schon,« sagte die Frau und verschwand.

Als der Geistliche eintrat, ging er auf das Bett zu und faßte das Handgelenk des Kranken.

»Was glauben Sie, ist es?« fragte der Kranke. »Was glauben Sie, hat er?«

»Ein schlechtes Gewissen!« war die kurze Antwort des Geistlichen.

Da schnellte Herr von Bleichroden in die Höhe.

»Ein schlechtes Gewissen, weil er seine Pflicht getan hat!«

»Ja,« sagte der Geistliche und nahm ein nasses Handtuch, das er dem Kranken um den Kopf wand. »Hören Sie mich, wenn Sie es noch können. Jetzt sind *Sie* verurteilt! Zu einem grausameren Los als die – drei! Hören Sie mir genau zu! Ich kenne die Symptome. Sie stehen auf der Grenze, wahnsinnig zu werden. Sie müssen versuchen, diesen Gedanken auszudenken. Denken sie ihn stark, und sie werden fühlen, wie Ihr Hirn sich gleichsam ordnet. Sehen sie mich an, und folgen sie meinen Worten, wenn Sie können. Sie sind entzwei gegangen. Sie betrachten Ihren einen Teil als eine zweite oder dritte Person. Wie sind Sie dazu gekommen? Ja, sehen sie, das ist die Gesellschaftslüge, die uns alle doppelt gemacht hat. Als Sie heute Ihrer Frau schrieben, da waren Sie ein Mensch, ein wahrer, einfacher, guter Mensch; aber als Sie mit mir sprachen, waren Sie ein anderer. So wie der Schauspieler seinen Menschen verliert und ein Konglomerat von Rollen wird, so wird auch der Gesellschaftsmensch zu wenigstens zwei Personen. Wenn nun durch eine Erschütterung, eine Aufwühlung, ein Erdbeben des Geistes die Seele sich spaltet, dann liegen die zwei Naturen da, Seite an Seite, und betrachten sich gegenseitig. – Ich sehe hier auf dem Boden ein Buch, das ich auch kenne. Er war ein tiefsinniger Mann, vielleicht der tiefste von allen. Er hat das Elend und die Nichtigkeit des Erdenlebens so durchschaut, als wäre er bei unserem Herrn und Heiland in die Schule gegangen, aber er konnte darum doch nicht aufhören, ein Doppelgänger zu sein, denn das Leben, Geburt und Gewohnheit, die menschliche Schwäche zwang ihn zu Rückfällen. Sie hören, Herr, daß ich auch andere Bücher gelesen habe als das Brevier. Und ich spreche als Arzt, nicht als Priester, denn wir beide – folgen Sie mir jetzt genau – wir verstehen uns! Glauben Sie nicht, daß ich den Fluch des Doppellebens, das ich führe, empfinde? Ich hege keinen Zweifel an den heiligen Dingen, denn sie sind mir in Fleisch und Blut übergegangen, in mein Knochengerüst, mein Herr, aber ich weiß, daß ich nicht in Gottes Namen spreche, wenn ich rede. Die Lüge, sehen Sie, die bekommen wir aus dem Mutterleib, aus der Mutterbrust, und wer unter den heutigen Verhältnissen die Wahrheit gerade heraus sagen wollte ... ja, ja – können Sie mir folgen?«

Der Kranke lauschte gierig, und seine Augenlider hatten sich, während der Geistliche sprach, kein einziges Mal gesenkt.

»Jetzt zu Ihnen,« fuhr der Pfarrer fort. »Es gibt einen kleinen Verräter mit einer Fackel in der Hand, einen Engel, der mit einem Korb Rosen herumgeht und die Kehrichthaufen des Lebens damit bestreut. Es ist ein Engel der Lüge, und er heißt Das Schöne! Die Heiden haben ihn in Griechenland angebetet, Fürsten haben ihm gehuldigt, denn er hat dem Volke das Auge getrübt, so daß es die Dinge nicht so sah, wie sie sind. Er geht durch das ganze Leben und fälscht und fälscht! Warum, ihr Krieger, warum kleidet ihr euch in prächtige Gewänder mit Gold und leuchtenden Farben? Warum arbeitet Ihr immer bei Musik und fliegenden Fahnen? Ist es nicht, um das zu verhehlen, was eurem Beruf zugrunde liegt? Wenn ihr die Wahrheit liebtet, ihr würdet in weißen Kitteln gehen wie die Schlächter, damit die Blutflecken recht zu sehen wären, ihr würdet mit Messern und Markbohrern gehen, wie die Stückmeister im Schlächterladen, mit Hacken, triefend von Blut, klebrig von Talg! Anstatt Musikkorps würdet ihr eine Schar heulender Menschen vor euch hertreiben, Menschen, die von den Bildern des Schlachtfeldes wahnsinnig geworden, an Stelle von Fahnen würdet ihr Sterbelaken tragen und auf den Trossen Särge ziehen.«

Der Kranke, der sich nun in Konvulsionen wälzte, verschlang die Hände zum Gebet und biß seine Nägel. Das Gesicht des Geistlichen war nun furchtbar anzusehen. hart, unerbittlich, haßerfüllt, und er fuhr fort:

»Du bist ein von Natur guter Mann, du, und nicht deinen guten Menschen will ich strafen, nein, ich strafe dich als Repräsentanten, wie du dich genannt hast, und deine Strafe soll anderen ein warnendes Beispiel sein! Willst du die drei Leichen sehen? Willst du sie sehen?«

»Nein, um Christi willen,« schrie der Kranke, dessen Hemd naß von Angstschweiß war und an seinen Schulterblättern klebte.

»Deine Feigheit zeigt, daß du ein Mensch bist und als solcher feig.«

Wie von einem Peitschenhieb getroffen, fuhr der Kranke auf, sein Gesicht wurde ruhig, seine Brust legte sich, und mit kalter Stimme, so, als wäre er ganz gesund, sagte er: »Geh hinaus, verdammter Pfaffe, sonst verleitest du mich noch zu Dummheiten.«

»Aber ich komme nicht wieder, wenn du mich rufst,« sagte der Geistliche. – »Vergiß das nicht! Vergiß das nicht! Wenn du nicht schlafen kannst, ist es nicht meine Schuld, eher die der, die dort drinnen im Billardzimmer liegen! Auf dem Billard, weißt du!«

Und nun riß er die Türe zum Billardsaal auf, und ein furchtbarer Geruch von Karbolsäure drang in das Krankenzimmer.

»Fühle nur, fühle nur! Das ist nicht wie Pulverrauch riechen, das ist nicht wie nach einer solchen Heldentat nach Hause telegraphieren: ›Große Niederlage, drei Tote und ein Wahnsinniger. Der Herr sei gelobt!‹ Das ist nicht wie Verse schreiben, Blumen auf die Straße streuen und in der Kirche weinen! Das ist kein Sieg, das! Das ist Schlachten, du, das ist Schlachten, du Schlächter!«

Herr von Bleichroden war aus dem Bett gesprungen und hatte sich aus dem Fenster gestürzt. Auf dem Hofe wurde er von einigen seiner Leute gepackt, die er in die linke Seite beißen wollte. Dann wurde er gebunden und in die Ambulanz des Hauptquartiers gebracht, um als von ausgesprochenem Wahnsinn befallen in eine Irrenanstalt gebracht zu werden.

*

Es war an einem sonnigen Morgen Ende Februar des Jahres 1871. Den steilen Martherayhügel in Lausanne hinauf wanderte Schritt für Schritt eine junge Frau am Arm eines Mannes in mittleren Jahren. Sie war in weit vorgeschrittener Schwangerschaft und hing fast am Arm ihres Begleiters. Ihr Gesicht war das eines Mädchens, aber leichenblaß vor Kummer, und sie war schwarzgekleidet. Der Mann an ihrer Seite war nicht in Trauer, woraus die Vorübergehenden schlossen, daß es nicht ihr Mann sei. Er schien tief bekümmert, hier und da beugte er sich zu der kleinen Frau herab und sagte ihr ein paar Worte, dann versank er wieder in seine eigenen Gedanken. Als sie zu dem Platz neben dem alten Zollgebäude vor dem Wirtshaus zum Bären kamen, blieben sie stehen.

»Noch eine Steigung?« fragte sie.

»Ja, liebe Schwester,« antwortete er. »Wir wollen uns einen Augenblick niedersetzen.«

Und sie setzten sich auf eine Bank vor dem Wirtshaus. Ihr Herz klopfte langsam, und ihre Brust atmete mühsam, so, als hätte sie nicht genügend Luft.

»Du tust mir leid, armer Bruder,« sagte sie. »Ich sehe, daß du dich nach den Deinen sehnst.«

»Aber ich bitte dich, Schwester, sprich nicht davon,« antwortete er. »Wohl ist mein Herz zuweilen fern, und wohl würde man mich daheim bei der Aussaat brauchen, aber du bist doch meine Schwester, und sein eigen Fleisch und Blut kann man ja nicht verleugnen.«

»Wir wollen nun sehen,« begann Frau von Bleichroden wieder, »ob diese Luft und diese neue Behandlungsart etwas zu seiner Besserung beitragen kann. Was glaubst du?«

»Ganz sicher,« erwiderte der Bruder, aber wandte sich ab, um sein zweifelndes Gesicht nicht sehen zu lassen.

»Welchen Winter ich in Frankfurt durchlebt habe! Daß das Schicksal solche Grausamkeiten ersinnen kann! Ich glaube, ich hätte seinen Tod leichter ertragen als dieses Lebendig-begraben-sein!«

»Aber die Hoffnung lebt doch immer,« sagte der Bruder in hoffnungslosem Ton. – Und dann schweiften seine Gedanken fort zu seinen Kindern und seinen Feldern. Aber gleich darauf schämte er sich gleichsam seiner Selbstsucht, nicht voll an diesem Schmerz teilnehmen zu können, der eigentlich nicht der seine war, der ihm ganz unverschuldet zuteil geworden, und er zürnte sich selbst.

Jetzt hörte man oben vom Hügel her einen schrillen, langgedehnten Schrei, ähnlich einem Lokomotivpfiff, und dann noch einen.

»Geht der Zug so hoch hinauf?« fragte Frau von Bleichenroden.

»Ja, das muß er wohl,« sagte der Bruder und horchte mit weit aufgerissenen Augen.

Noch einmal schrie es auf. Aber nun klang es so, wie wenn jemand ertrinkt.

»Laß uns wieder heimgehen,« sagte Herr Schantz, der ganz bleich geworden war – »du kannst diese Höhe heute nicht ersteigen, und morgen werden wir vernünftiger sein und einen Wagen nehmen.« Aber die Frau wollte gehen, unbedingt. Und so stiegen sie den langen Hügel zur Anstalt hinauf. Es war eine Kalvarienwanderung. Durch die grünen Hagedornhecken zu beiden Seiten des Wegs huschten schwarze Amseln mit gelben Schnäbeln hin und her. Über die efeuumrankten Mauern liefen graue Eidechsen um die Wette und verschwanden in den Spalten. Es war voller Frühling, denn es war gar nicht Winter gewesen, und am Wegesrand blühten Primeln und Nieswurz. Aber dies fesselte die Aufmerksamkeit der Golgathawanderer nicht. Als sie auf halber Höhe des Hügels waren, wiederholten sich die geheimnisvollen Schreie. Wie von einer plötzlichen Ahnung ergriffen, wendete sich Frau von Bleichroden dem Bruder zu, sah mit ihren halbgebrochenen Augen in die seinen, um ihre Befürchtungen bestätigt zu sehen und sank dann, ohne einen Schrei ausstoßen zu können, am Wege nieder, dessen gelber Staub sie mit einer Wolke umwirbelte. Und da blieb sie liegen.

Ehe der Bruder sich noch fassen konnte, war ein freundlicher Wanderer schon um einen Wagen gelaufen; und als die junge Frau in das Gefährt getragen wurde, da hatte ihre Arbeit für das kommende Geschlecht schon begonnen, und nun hörte man zwei Schreie, zweier Menschen Ruf aus dem tiefsten Tal des Jammers, und Herr Schantz, der seinen Hut verloren hatte, stand auf dem Wagentritt, sah zu dem blauen Frühlingshimmel auf und dachte bei sich: Wenn man es nur hinaufhören könnte, aber es ist sicher zu hoch!

Oben in der Anstalt war Herr von Bleichroden in einem Zimmer mir weiter, freier Aussicht nach dem Süden untergebracht. Die Wände waren gepolstert und in einem matten bläulichen Farbenton gehalten, durch den man leichte Landschaftskonturen sehen konnte. Die Decke war wie ein Spalier mit Weinlaub gemalt. Der Boden war teppichbelegt, und unter dem Teppich war eine Lage Stroh. Die Möbel waren ganz mit Roßhaar und Stoff überzogen, so daß keine Ecke oder Kante des Holzes zu sehen war.

Wo sich die Türe befand, konnte man von innen nicht entdecken, und dadurch wurden alle Gedanken des Kranken an Ausgang abgelenkt, sowie das Gefühl des Eingesperrtseins vermieden, das für einen erregten Gemütszustand das gefährlichste ist. Die Fenster waren allerdings vergittert, aber diese Gitter waren in Form von Lilien und Laubwerk schön gearbeitet und so bemalt, daß sie gar nicht als Gitter wirkten.

Herrn von Bleichrodens Wahnsinn hatte die Form von Gewissensbissen angenommen. Er hatte einen Weinhüter unter geheimnisvollen Umständen ermordet, die er sich nicht entschließen konnte zu gestehen. aus dem einfachen Grunde, weil er sich nicht daran erinnerte. Jetzt saß er im Gefängnis und erwartete die Vollstreckung des Urteils, denn er war zum Tode verurteilt. Aber er hatte auch lichte Momente. Dann befestigte er große Papiere an den Wänden des Zimmers und schrieb sie voll Syllogismen. Dann erinnerte er sich, daß er Franktireurs hatte erschießen lassen; aber daß er verheiratet war, erinnerte er sich nicht, und er empfing den Besuch seiner Frau als einer Schülerin, der er Lektionen in Logik gab. Als Prämissen hatte er aufgestellt: die Franktireurs sind Verräter, und der Befehl lautet: erschieße sie. Eines Tages hatte seine Frau, die gezwungen war bei allem mitzuhalten, die Unvorsichtigkeit begangen, seinen Glauben an die Prämisse, daß alle Franktireurs Verräter seien, zu erschüttern, und da riß er alle Konklusionen von der Wand und sagte, er würde nun zwanzig Jahre brauchen, um die Prämisse zu beweisen, denn vor allem müsse die Prämisse bewiesen sein. Dazwischen hatte er große Projekte für das Wohl der Menschheit. Worauf zielt all unser Streben hier auf Erden ab? Warum regiert der König, predigt der Priester, dichtet der Poet, malt der Maler? Ja, um dem Körper Stickstoff zu verschaffen. Stickstoff ist das teuerste aller Nahrungsmittel, darum ist Fleisch am teuersten. Stickstoff ist die Intelligenz, denn die Reichen, die Fleisch essen, sind intelligenter als die anderen, die mehr Kohlenhydrate essen. Jetzt beginnt der Stickstoff auf der Erde rar zu werden, und dadurch entstehen Kriege, Arbeiterstreiks, Zeitungen, Pietisten und Staatsschulden. Man muß eine neue Grube mit Stickstoff finden. Herr von Bleichroden hatte sie gefunden, und nun konnten alle Menschen gleich werden, Freiheit, Gleichheit und Brüderlichkeit sollte zur Wirklichkeit auf Erden werden. Diese unerschöpfliche Grube hieß: die Luft. Sie enthielt dem Volumen nach 79 Prozent Stickstoff, und man mußte eine Methode erfinden, die Lungen dazu zu bringen, ihn direkt aufzunehmen und zur Ernährung des Körpers zu verarbeiten, ohne daß er sich zuerst zu Gras, Getreide und Gemüse zu verdichten brauchte, um von den Tieren in Fleisch verwandelt zu werden. Dieses Problem war das der Zukunft und Herrn von Bleichrodens, und mit seiner Lösung würden Ackerbau und Viehzucht überflüssig werden und das goldene Zeitalter wieder auf Erden anbrechen. Zwischendurch versank er wieder in seine Träume von dem begangenen Mord und war dann tief unglücklich.

Doch am selben Februarmorgen, an dem Frau von Bleichroden auf dem Wege in die Anstalt gewesen war und wieder umkehren mußte, saß ihr Mann in seinem neuen Zimmer dort oben und sah zum Fenster hinaus. Zuerst hatte er das Weinlaub der Decke und die Landschaften der Wände betrachtet, dann hatte er sich in einen bequemen Stuhl zum Licht gesetzt, so daß er freie Aussicht vor sich hatte. Er war heute ruhig, denn er hatte am vorhergehenden Abend ein kaltes Bad bekommen und nachts gut geschlafen. Er wußte, daß es Februar war, aber er wußte nicht, wo er sich befand. Kein Schnee draußen, das war sein erster Gedanke, und dies verwunderte ihn, denn er war nie in südlicheren Ländern gewesen. Vor dem Fenster standen grüne Sträucher. Der Laurier teint, ganz übersät mit weißen Blumenbüscheln, der Laurier cerise mit seinen glänzenden hellgrünen Blättern, die den ganzen Winter grün sind, der Buchsbaum, eine Ulme, ganz von Efeu umsponnen, der alle Zweige verbarg und dem Baum das Aussehen gab, in vollem Laubschmuck zu stehen. Über die Grasmatte, die mit Primula elatior besät war, ging ein Mann und mähte das Gras mit einer Sense, während ein kleines Mädchen harkte. Er griff noch einmal nach dem Kalender und las: »Februar. Man mäht und harkt im Februar. Wo bin ich?« – Dann gingen seine Blicke über den Garten hinaus, und er sah ein tiefes Tal sich sachte senken, grün wie eine Sommerwiese, und kleine Dörfer und Kirchen lagen hier und dort verstreut, und große Hängeweiden standen ganz bellgrün da. »Im Februar,« dachte er wieder. Und wo die Wiesen aufhörten, da lag ein See, ganz ruhig, hellblau wie Luft, und am anderen Ufer des Sees lag ein blauendes Land, über dem blauenden Lande erhob sich eine Bergkette, aber über der Bergkette lag etwas anderes, das Wolken glich. Sie waren so fein im Farbenton wie frischgewaschene Wolle, aber sie hatten Spitzen, und über ihnen waren kleine leichte Nebelschleier, die zuweilen in die spitzigen Wolken übergingen. Er wußte nicht, wo er war, aber es war so schön, daß es nicht auf Erden sein konnte. War er tot und in eine andere Welt gekommen? In Europa war er sicherlich nicht, vielleicht war er tot? Er versank in stille Träumereien und versuchte sich in seine neue Lage hineinzudenken.

Aber dann blickte er wieder auf, und nun sah er das ganze sonnige Bild von dem Fenstergitter eingefaßt und durchkreuzt, und die schmiedeeisernen Lilien und Blätter zeichneten sich ab, als schwebten sie in der Luft. Zuerst erschrak er, aber dann beruhigte er sich, und er betrachtete das Bild noch einmal, namentlich die spitzigen, rosenroten Wolken. Und er fühlte eine unerhörte Freude und ein erquickendes Gefühl im Kopf. Er hatte die Empfindung, als ob die Hirnwindungen, die wirr verschlungen dagelegen hatten, sich zu ordnen und wieder zurechtzulegen begännen. Und er wurde so froh, daß seine Brust zu singen anfing, wie er glaubte, aber er hatte nie in seinem Leben gesungen, und darum wurden es Schreie, Jubelschreie, und die waren es, die durchs Fenster drangen und seine Frau vor Schmerz fast verzweifeln ließen. Als er so eine Stunde singend dagesessen hatte, kam ihm ein altes Bild in einer Kegelbahn vor Berlin in den Sinn, das angeblich eine Schweizer Landschaft vorstellen sollte, und nun wußte er, daß er in der Schweiz war und daß diese spitzigen Wolken die Alpen waren. Als der Arzt seine zweite Runde machte, fand er Herrn von Bleichroden ruhig am Fenster sitzend und vor sich hin summend, und es war nicht möglich, ihn von dem schönen Bilde loszureißen. Aber er war ganz klar und wußte über seine Lage vollkommen Bescheid.

»Herr Doktor,« sagte er und wies auf das Eisengitter, »warum müssen Sie ein so schönes Bild brandmarken, fleur-de-lysieren? Wollen Sie mich nicht ins Freie geben lassen? Ich glaube, es würde mir gut tun, und ich verspreche Ihnen, nicht durchzubrennen.«

Der Arzt faßte seine Hand, um insgeheim mit dem Zeigefinger den Puls an der Daumenwurzel zu prüfen.

»Der Puls ist nur siebzig, lieber Doktor,« sagte der Patient lächelnd, »und ich habe heute nacht ruhig geschlafen. Sie haben nichts zu fürchten.«

»Es freut mich,« sagte der Arzt, »daß die Kur Ihnen so gut getan hat! Sie haben volle Freiheit, auszugehen.«

»Wissen Sie, Doktor,« sagte der Kranke mit einer lebhaften Bewegung, »wissen Sie, daß mir zumute ist, als wäre ich tot gewesen und auf einem anderen Planeten zum Leben wieder auferstanden, so schön ist es hier! Nie hätte ich mir träumen lassen, daß die Erde so herrlich sein kann!«

»Ja, mein Herr, die Erde ist noch schön, wo die Kultur sie nicht zerstört hat, und hier ist die Natur so stark, daß sie den Versuchen des Menschen trotzen konnte. Glauben Sie, Ihr Land war immer so häßlich, wie es heute ist? Nein, wo jetzt öde Sandwüsten sind, die keine Ziege ernähren können, da rauschten einst herrliche Eichen-, Buchen, und Föhrenwälder, in deren Schatten das Wild graste und fette Herden des besten Schlachtviehs des Nordens sich an Eicheln mästeten.« »Sie sind Rousseauist, Herr Doktor,« fiel der Patient ein.

»Rousseau war ein Genfer, Herr Leutnant. Dort am Seegestade, ganz tief in der Bucht, die Sie gerade über dem Wipfel der Ulmen sehen, wurde sein Emile und sein Contrat, die Evangelien der Natur, verbrannt, und dort links am Fuße der Walliser Alpen, wo das kleine Clarens liegt, da schrieb er das Buch der Liebe, La Nouvelle Héloise. Es ist nämlich der Genfer See, den Sie hier unten sehen.«

»Der Genfer See,« wiederholte Herr von Bleichroden.

»In diesem stillen Tal,« fuhr der Arzt fort, »wo friedliche Menschen wohnen, haben alle verwundeten Geister Heilung gesucht. Sehen Sie, dort rechts, gerade über der kleinen Landzunge mit dem Turm und den Pappeln: da liegt Ferney. Dahin floh Voltaire, als er in Paris ausgespottet hatte, und da bestellte er die Erde und baute dem höchsten Wesen ein heiliges Haus. Da weiter hinüber liegt Coppet. Da wohnte Madame Staël, Napoleons, des Volksverräters, erbittertste Feindin, sie, die es wagte, die Franzosen, ihre Landsleute, zu lehren, daß die deutsche Nation nicht Frankreichs barbarischer Feind sei, denn, mein Herr, die Nationen hassen einander nicht. Hierher, sehen Sie jetzt nach links, hierher an diesen ruhigen See floh der zerrissene Byron, der sich gleich einem gefesselten Titanen aus dem Garn losgerissen hatte, in das das Zeitalter des Rückschritts seine starke Seele verstrickt hatte, und hier schrieb er sich seinen Tyrannenhaß im Gefangenen von Chillon vom Herzen.

Da, unter dem hohen Mont Grammont, vor dem kleinen Fischerdorf St. Gingolphe wäre er eines Tages fast ertrunken, aber sein Leben war damals noch nicht vollendet. Hierher sind sie geflohen, sie alle, die die Luft der Fäulnis nicht ertragen konnten, die gleich einer Cholera über Europa lag, nach dem Attentat der heiligen Allianz gegen die neuerworbenen Rechte der Revolution, das heißt des Menschen. Hier unten, tausend Fuß unter Ihren Füßen, dichtete Mendelssohn seine schwermütigen Lieder, hier schrieb Gounod seinen Faust. Sehen Sie nicht, woher er seine Eingebung zur Walpurgisnacht empfangen hat? Dort, aus den Abgründen der Savoyer Alpen. Hier donnerte Victor Hugo seine rasenden Strafgesänge gegen die Dezemberverräter. Und hier, seltsamer Witz des Schicksals, hier unten in dem kleinen, stillen, anspruchslosen Vevey, das der Nordwind nie erreichen kann, hier suchte Ihr eigener Kaiser die Schreckensbilder von Sadowa und Königgrätz zu vergessen. Da verbarg sich Rußlands Gortschakow, als er den Boden unter den Füßen wanken fühlte, da badete sich John Russell von allem politischen Schmutze rein, und atmete frische, unverfälschte Luft, hier suchte Thiers seine durch die sich kreuzenden politischen Stürme oft verwirrten widerspruchsvollen, aber, wie ich glaube, ehrlichen Gedanken zu klären. Möchte er jetzt, wo er die Schicksale eines Volks tragen soll, der unschuldigen Stunden gedenken, wo sein Geist in Ruhe mit sich selbst Zwiesprache halten durfte, hier, angesichts der sanften, aber ernsten Majestät der Natur! Und dort drüben in Genf, Herr Leutnant, da wohnt kein König mit seinem Hof, da wurde ein Gedanke geboren, der ebenso groß ist wie das Christentum, und seine Apostel, sie tragen auch ein Kreuz, ein rotes Kreuz auf ihren weißen Fahnen. Und wenn das Mausergewehr auf den französischen Adler zielte, und das Chassepot auf den deutschen, da wurde das rote Kreuz heilig gehalten, heilig von jenen, die sich sonst dem schwarzen Kreuze nicht zu beugen pflegten, und in diesem Zeichen, glaube ich, wird die Zukunft siegen.«

Der Patient, der ruhig diese ungewöhnliche Rede eines Mannes angehört hatte, so gefühlvoll, um nicht zu sagen sentimental, als käme sie von einem Geistlichen und nicht von einem Arzte, fühlte sich befangen.

»Sie schwärmen, Herr Doktor,« sagte er.

»Das werden Sie auch, wenn Sie erst drei Monate hier gelebt haben,« antwortete der Arzt.

»Sie glauben also an die Kur?« fragte der Patient etwas weniger skeptisch als zuvor.

»Ich glaube an die unendliche Kraft der Natur, die Kulturseuche heilen zu können,« antwortete er. »Fühlen Sie sich stark genug, eine gute Nachricht zu empfangen?« fuhr er fort und beobachtete den Kranken genau.

»Vollkommen, Herr Doktor.«

»Nun wohl, der Friede ist geschlossen.«

»Gott ver..., welches Glück,« rief der Patient.

»Ja, sicherlich,« sagte der Arzt, »aber fragen Sie nicht mehr, denn Sie werden heute nicht mehr erfahren. – Kommen Sie jetzt hinaus, aber auf eines müssen Sie sich gefaßt machen, Ihre Genesung wird nicht so direkt vor sich gehen, wie Sie glauben, Sie werden Rückfälle haben. Die Erinnerung, sehen Sie, ist unser ärgster Feind und – – – aber kommen Sie jetzt mit mir.«

Der Arzt nahm den Kranken unter den Arm und geleitete ihn in den Garten hinaus. Keine Gitter, keine Mauern versperrten den Weg, nur grüne Hecken, die den Wanderer durch Labyrinthe dorthin zurückführten, von wo er gekommen war, aber hinter den Hecken waren tiefe Laufgräben, unmöglich, zu überschreiten. Der Leutnant suchte nach alten Worten, um sein Entzücken auszudrücken, aber er fühlte, daß sie schlecht zu dem paßten, was er empfand, und so schwieg er schließlich, einer wunderbaren stillen Musik der Nerven hingegeben. Es war, als ob alle Saiten der Seele wieder gestimmt würden, und er empfand eine Ruhe, wie er sie seit langen, langen Zeiten nicht gekannt.

»Zweifeln Sie noch daran, daß ich wiederhergestellt bin?« fragte er den Arzt mit einem wehmütigen Lächeln.

»Sie sind, wie ich Ihnen schon gesagt habe, auf dem Wege der Besserung, aber Sie sind noch nicht gesundet.«

Sie befanden sich jetzt vor einem kleinen gewölbten Steinpförtchen, durch das Patienten, von Wärtern begleitet, strömten.

»Wohin gehen all diese Menschen?« fragte der Kranke.

»Folgen Sie ihnen, und Sie werden es sehen,« sagte der Arzt.
»Meine Erlaubnis haben Sie.« Und Herr von Bleichroden ging hinein. Aber der Arzt winkte einen Wärter heran.

»Gehen Sie hinunter zu Frau von Bleichroden, Hotel Faucon,« sagte er, »und bestellen Sie ihr, daß ihr Mann auf dem Wege der Besserung ist, aber daß er noch nicht nach seiner Frau gefragt hat. Wenn er es tut, dann ist er gerettet.«

Der Wärter ging, und der Arzt folgte dem Kranken durch das steinerne Pförtchen.

Herr von Bleichroden war in einen großen Saal gekommen, der keinem anderen Räume, den er je gesehen hatte, glich. Es war keine Kirche, kein Theater, keine Schule, kein Rathaussaal, aber etwas von alledem. Im Fond war eine Apsis, die sich mit drei Fenstern mit farbigen Scheiben öffnete, aber in sanften harmonischen Farben, so, als hätte ein großer Farbenkünstler sie komponiert, und das Licht fiel in einem einzigen großen harmonischen Dur-Akkord ein. Es machte auf den Kranken denselben Eindruck wie der C-Dur-Akkord, mit dem Haydn die Finsternis des Chaos auflöst, als der Herr in der Schöpfung, nachdem die Chöre die lange schmerzhafte Arbeit gehabt haben, die ungeordneten Naturkräfte zu entwirren, schließlich ausruft: Es werde Licht, und Cherubim und Seraphim einstimmen.

Unter den Fenstern war ein Tropfsteinfelsen, aus dem ein Bächlein still rieselte und in ein Bassin niederfiel, in das Callas ihre Kelche neigten, weiß wie Engelsflügel. Die Säulen, die die Apsis einfaßten, entbehrten jedes bekannten Stils, und ihr Schaft war bis zur Decke mit braunem weichen Lebermoos bekleidet. Die unteren Panelierungen der Wände waren mit Tannenreisig bedeckt und die großen Wandflächen mit dem Laub immergrüner Pflanzen geschmückt, Lorbeer, Steineiche, Mistel, alles in Ornamenten, die keinem bestimmten Stil angehörten. Bisweilen waren sie auf dem Wege, Buchstaben zu formen, aber dann lösten sie sich in weiche, phantastische Pflanzenformen auf wie Rafaels Arabesken. Unter den Fensterlünetten hingen große Kränze wie zu einem Maifest, und dem Deckenfries entlang ging ein Ornament, das sich weder auf Ägyptens Lotosbordüre, noch Griechenlands Mäander, Roms

Akanthusvariationen, die Ungeheuer des Romanismus oder die Kreuzblumen der Gotik zurückführen ließ. Herr von Bleichroden sah sich um und fand den Boden mit Bänken bedeckt, auf denen die Patienten der Anstalt still und nachdenklich saßen. Er nahm auf einer Bank Platz und hörte jemanden neben sich schluchzen. Da sah er einen Mann, einen vierzigjährigen vielleicht, der, das Gesicht in den Händen, weinte. Er hatte eine gebogene Nase. Schnurrbart und Spitzbart und ähnelte im Profil einem Bilde, das Herr von Bleichroden auf französischen Münzen gesehen hatte. Es war offenbar ein Franzose. Hier sollten sie sich also treffen, der Feind den Feind, beide was beweinend? Daß sie ihre Pflicht gegen das Vaterland erfüllt hatten! Herr von Bleichroden wurde erregt und unruhig, als eine leise Musik erklang. Es war eine Orgel, die einen Choral spielte, aber einen Choral in Dur. Es war kein lutherischer Choral, kein katholischer, kein kalvinischer, kein griechischer, aber er war beredt, und der Kranke glaubte die Worte dazu zu hören, trostreiche, hoffnungsfreudige Worte. Und nun erhob sich ein Mann in der Apsis und blieb, halb von dem Tropfsteinfelsen verborgen, stehen. War es ein Geistlicher? Nein, er trug einen hellgrauen Rock und eine lichtblaue Krawatte, und aus dem Ausschnitt der Weste sah die Hemdbrust hervor. Auch hatte er kein Buch in der Hand. Aber er sprach. Er sprach sanft und schlicht, wie man unter Freunden redet, er sprach von den einfachen Lehren des Christentums, seinen Nächsten zu lieben wie sich selbst, geduldig, verträglich zu sein, nachsichtig gegen seine Feinde, er sprach davon, wie Christus sich die Menschheit als ein einziges Volk gedacht hatte, wie aber die böse Natur des Menschen diesem großen Gedanken entgegengewirkt, wie die Menschheit sich in Nationen, Sekten, Schulen gruppiert hatte. Aber er sprach auch die feste Zuversicht aus, daß die Grundsätze des Christentums sich bald verwirklichen würden. Und als er eine Viertelstunde gesprochen, stieg er herunter, nach einem kurzen Gebet zu Gott, dem Allmächtigen, ohne Jesus, die Jungfrau Maria, Nikolaus, Anastasius oder sonst irgendeinen Namen genannt zu haben, der an ein offizielles Bekenntnis erinnern und Leidenschaften erregen konnte.

Herr von Bleichroden erwachte wie aus einem Traum. Er war also in der Kirche gewesen. Er, der aller kleinlichen Konfessionszwistigkeiten müde, seit fünfzehn Jahren keinen Gottesdienst besucht hatte. Und hier, hier im Irrenhaus sollte er eine Freikirche in voller Wirklichkeit antreffen. Hier saßen Römisch-, Griechischkatholische, Lutheraner, Kalvinisten, Zwinglianer, Anglikaner Seite an Seite und weihten dem gemeinsamen Gott gemeinsame Gedanken. Welche vernichtende Kritik war nicht dieser Kirchensaal für all diese Sekten, die die Selbstsucht der Menschen zu ebenso vielen Religionen gemacht, die einander geschmäht, niedergesäbelt, verbrannt haben. Welches Zugeständnis an die Angriffe der ›ketzerischen‹ Kirche auf dieses politische Dynastiechristentum.

Herr von Bleichroden ließ seine Blicke über den schönen Raum schweifen, um die Schreckbilder zu verjagen, die er aufgerufen hatte. Sein Auge irrte und irrte, bis es an der kurzen Wand der Apsis gegenüber Halt machte. Da hing ein kolossaler Kranz, und darin stand ein Wort mit Buchstaben geschrieben, die aus Tannenzweiglein zusammengesetzt waren. Er buchstabierte das französische Wort Noël, und wieder für sich selbst: Weihnachten. Welcher Dichter hatte diesen Raum geschaffen? Welcher Menschenkenner, welcher tiefe Geist hatte es so verstanden, die schönste und reinste aller Erinnerungen zu wecken? Mußte die umnachtete Vernunft nicht brennende Sehnsucht nach Licht und Klarheit empfinden, wenn sie sich des Festes des Lichts erinnerte, wo die dunklen Tage um die Jahreswende ein Ende nahmen oder doch wenigstens ein Ende zu nehmen versprachen? Mußte nicht der Gedanke an die Kindheit, wo keine Bekenntnisstreitigkeiten, kein politischer Haß, keine ehrgeizigen, leeren Träume das Rechtsgefühl des reinen Sinnes trübten, mußte nicht dies einen Ton in den Seelen anschlagen, der all das wilde Tiergeheul übertäubte, das man später im Leben, im Kampf ums Brot, noch häufiger um den Ruhm gehört hatte! Er dachte nach und fragte sich selbst:»Wie kann der Mensch, der als Kind fromm ist, wenn er älter wird, so schlecht werden? Ist es die Erziehung, die Schule, die vielgepriesene Blüte der Kultur, die uns lehrt, schlecht zu werden? Vielleicht! Was lehren uns die ersten Lehrbücher?« dachte er.»Sie lehren uns, daß Gott ein Rächer ist, der die Sünden der Väter heimsucht bis ins dritte und vierte Geschlecht, sie lehren uns, daß jene Helden sind, die Volk gegen Volk aufgereizt und Land und Reich geraubt haben. Große Männer diejenigen, denen es gelungen ist, den Ruhm zu erringen, dessen Leere wir alle erkennen, aber nichtsdestoweniger erstreben. Staatsmänner jene, die mit

List große, nicht hohe Ziele verfolgen, bei denen das ganze Verdienst in der Gewissenlosigkeit besteht, die immer im Kampfe gegen jene siegen wird, die noch ein Gewissen haben. Und damit unsere Kinder all dies lernen, bringen die Eltern Opfer, verzichten, leiden die Qual der Trennung von den Kindern. War die Welt kein Tollhaus, dann war auch dies nicht der vernünftigste Ort, wo er je gewesen!«

Nun sah er wieder dieses einzige geschriebene Wort in der ganzen Kirche an, und er buchstabierte es abermals, da begann aus den geheimen Schlupfwinkeln der Seele ein Bild auszusteigen, so, wie wenn der Photograph das Eisenvitriol über die graue Negativplatte spülen läßt, wenn sie aus der Kamera gekommen ist. Er glaubte den letzten Weihnachtsabend an sich vorbeiziehen zu sehen. Den letzten? Nein, da war er in Frankfurt. Also den vorletzten! Es war der erste Abend, den er im Hause seiner Braut verbrachte, denn am Tage vorher hatte er sich mit ihr verlobt. Jetzt sah er das Haus, des alten Pfarrers, seines Schwiegervaters Heim. Er sah den niedrigen Speisesaal mit dem weißen Büfett, dem Klavier, den grünen Zeisigen im Käfig, den Balsaminen am Fenster, den Schrank mit der Silberkanne, den Tabakspfeifen, einige aus Meerschaum, andere aus rotem Ton, und da geht sie, die Haustochter und hängt Nüsse und Äpfel an den Christbaum. Die Haustochter! Hier schlug es wie ein Blitz in seine Finsternis ein, aber wie ein schönes, ungefährliches Wetterleuchten im Spätsommer, das man vom Erker aus betrachtet, ohne einen Donnerschlag zu befürchten. Er war verlobt, er war verheiratet, er hatte eine Frau, seine Frau, die ihn wieder ans Leben band, das er zuvor verachtet und gehaßt hatte. Aber wo war sie? Er mußte sie sehen, sie treffen, jetzt gleich. Er mußte zu ihr fliegen, sonst verging er vor Ungeduld.

Er eilte aus der Kirche und stieß sogleich auf den Arzt, der auf ihn gewartet hatte, um sich von der Wirkung des Kirchenbesuchs zu überzeugen. Herr von Bleichroden packte den Arzt an den Schultern, sah ihm gerade in die Augen und fragte mit fliegendem Atem:

»Wo ist meine Frau? Führen Sie mich jetzt gleich zu ihr! Gleich! Wo ist sie?«

»Sie und Ihre Tochter,« sagte der Arzt ruhig, »erwarten Sie unten in der Rue de Bourg.«

»Meine Tochter? Ich habe eine Tochter!« rief der Patient und brach in Tränen aus.

»Sie sind gefühlvoll, Herr von Bleichroden,« sagte der Arzt lächelnd.

»Ja, Doktor. das muß man hier werden«

»So kommen Sie jetzt und kleiden Sie sich zum Ausgehen an,« sagte der Arzt und nahm seinen Arm.

»In einer halben Stunde sind Sie bei den Ihren, und da sind Sie wieder bei sich selbst!«»«

Und sie verschwanden in den großen Hausflur.

*

Herr von Bleichroden war ein ganz moderner Typus. Ein Urenkel der französischen Revolution, ein Enkel der heiligen Allianz, ein Sohn des Jahres 1830. Wie ein Schiffbrüchiger zwischen den Felsen der Revolution und der Reaktion zerschellt. Als er mit zwanzig Jahren zum bemühten Leben erwachte und ihm die Schuppen von den Augen fielen, so daß er einsah, in welches Lügengewebe er verstrickt war, vom Bekenntnischristentum bis zum Dynastiefetischismus, da war ihm zumute, als sei er erst jetzt erwacht oder als wäre er, als der einzig vernünftige, in ein Tollhaus eingesperrt gewesen. Und als er kein einziges Loch in der Mauer entdeckte, durch das er herauskommen konnte, ohne einem hindernden Bajonett oder einer Gewehrmündung zu begegnen, da verzweifelte er. Er hörte auf, an irgend etwas zu glauben, auch an Rettung, und er stürzte sich in die Opiumhöhlen des Pessimismus, um wenigstens seinen Schmerz zu betäuben, wenn es schon keine Heilung gab. Schopenhauer wurde sein Freund, und später fand er in v. Hartmann den brutalsten Wahrheitssager, den die Welt noch gesehen.

Aber die Gesellschaft rief ihn und verlangte ihn irgendwo einregistriert zu sehen. Herr von Bleichroden warf sich auf die Wissenschaften und wählte diejenige, die die geringstmögliche Berührung mit der Gegenwart hatte: die Geologie, oder eigentlich den Zweig derselben, der das Tier- und Pflanzenleben einer vergangenen Welt behandelte, die Paläontologie. Wenn er sich selbst fragte: Zu welchem Nutzen für die Menschheit? konnte er nur antworten: Zu meinem Nutzen. Als Betäubungsmittel. Er konnte nie eine Zeitung lesen, ohne den Fanatismus wie beginnenden Wahnsinn aufsteigen zu fühlen, und darum hielt er sich alles, was an Mitwelt und Gegenwart erinnern konnte, ferne, und er begann zu hoffen, in einer teuer erkauften, erkämpften Stupidität seine Tage in Ruhe und mit bewahrter Vernunft leben zu können. Dann heiratete er, er konnte sich dem unerschütterlichen Naturgesetz von der Erhaltung der Art nicht entziehen. In seiner Frau hatte er versucht, all die Innigkeit wiederzugewinnen, die er in sich überwunden hatte, und sie wurde sein altes gefühlvolles Ich, an dem er sich in stiller Ruhe freute, ohne aus seinen Verschanzungen herausgehen zu müssen. In ihr fand er seine Ergänzung, und er begann sich zu sammeln, aber er fühlte auch, daß sein ganzes künftiges Leben aus zwei Ecksteinen aufgebaut war, der eine war seine Frau, wankte sie, dann mußte er und das ganze Gebäude einstürzen. Als er nun nach ein paar Monaten der Ehe von ihr weggerissen wurde, war er nicht mehr er selbst. Er glaubte sein eines Auge zu entbehren, seine eine Lunge, seinen einen Arm, und darum konnte er auch so rasch entzwei gehen, als der Schlag ihn traf.

Beim Anblick der Tochter schien in dem, was Herr von Bleichroden zum Unterschied von der Gesellschaftsseele, die durch die Erziehung herbeigebracht wird, seine Naturseele nannte, etwas Neues emporzusteigen. Er fühlte nun, daß er an die Menschheit gebunden war, daß er wenn er einmal starb, nicht sterben würde, sondern das seine Seele im Kinde fortlebte, er empfand mit einem Worte, daß seine Seele wirklich unsterblich war, wenn auch der Körper im Kampfe mit den chemischen Kräften unterliegen mußte. Er fühlte sich mit einem Male verpflichtet, zu leben und zu hoffen. Obgleich ihn die Verzweiflung noch oft packte, zeitweilig, wenn er hörte, wie seine Landsleute in dem sehr natürlichen Rausch des Sieges den glücklichen Ausgang des Krieges einigen Individuen zuschrieben, die von ihren Landauern aus die Schlachtfelder mit Krimstechern betrachtet hatten. Aber dann erschien ihm sein Pessimismus tadelnswert, weil die Entwicklung des Neuen durch schlechtes Beispiel hindernd, und er wurde Optimist aus Pflichtgefühl. Aber er wagte nicht, in sein Heimatland zurückzukehren, aus Furcht, wieder in Mutlosigkeit zu versinken. Er verlangte seinen Abschied, machte sein kleines Vermögen flüssig und ließ sich in der Schweiz nieder.

*

Es war an einem schönen, milden Herbstabend in Deven, im Jahre 1872. Die Mittagsglocke der kleinen Pension Le Cèdre hatte Schlag sieben zum Diner geläutet, und an dem großen Mittagstisch versammelten sich die Pensionsgäste, die alle miteinander Bekanntschaft gemacht hatten und auf dem intimsten Fuße lebten, wie Menschen es tun, wenn sie sich auf neutralem Gebiet befinden. Herr von Bleichroden und seine Frau hatten zu Tischnachbarn den traurigen Franzosen, den wir in der Anstaltskirche getroffen haben, einen Engländer, zwei Russen, einen Deutschen mit seiner Frau, eine spanische Familie und zwei Tirolerinnen. Das Gespräch kreiste wie gewöhnlich, ruhig, friedlich, beinahe gefühlvoll, zuweilen auch scherzhaft um die brennendsten Fragen, ohne doch je Feuer zu fangen.

»Daß die Erde so unnatürlich schön sein kann wie hier, hätte ich mir nie träumen lassen,« sagte Herr von Bleichroden und berauschte sich an einem Blick durch die geöffneten Verandatüren.

»Die Natur ist wohl auch sonst schön,« sagte der Deutsche. »Aber ich glaube, unsere Augen sind krank gewesen.«

»Wahr,« sagte der Engländer, »aber hier ist es auch schöner als irgendwo sonst. Haben Sie nicht gehört, meine Herrschaften, wie es den Barbaren erging, damals waren sie, glaube ich, Alemannen oder Ungarn, als sie auf die Dent Jaman kamen und den Genfer See erblickten? Sie glaubten, der Himmel sei auf die Erde gefallen und erschraken so, daß sie wieder umkehrten. Aber das steht wohl im Führer zu lesen.«

»Ich glaube,« sagte der eine Russe, »die reine, lügenfreie Luft, die man hier atmet, macht es, daß wir alles so schön finden, obschon ich nicht leugnen will, daß die schöne Natur eine Rückwirkung auf die Gemüter ausgeübt und sie verhindert hat, sich in all unsere Vorurteile zu verstricken. Aber wartet nur, wenn erst die Erben der heiligen Allianz tot, wenn die höchsten Bäume geköpft sind, dann werden auch unsere Gräser wieder im vollen Sonnenschein grünen.«

»Sie haben recht,« sagte Herr von Bleichroden, »aber wir werden die Bäume nicht zu köpfen brauchen. Es gibt andere menschlichere Methoden. Es war einmal ein Schriftsteller, der hatte ein mittelmäßiges Stück geschrieben, dessen Erfolg davon abhing, wie die weibliche Hauptrolle gegeben wurde. Er ging zur Primadonna und fragte, ob sie die Rolle übernehmen wolle. Sie antwortete ausweichend. Da vergaß er sich so weit, sie daran zu erinnern, daß sie nach dem Theaterreglement gezwungen werden könne, die Rolle zu spielen. ›Das ist wahr,‹ erwiderte sie, ›aber – ich kann passive Resistenz leisten.‹ So können auch wir unsere Hauptlügen durch passive Resistenz aus der Welt schaffen. In England ist das jetzt nur mehr eine Budgetfrage. Die Reichsversammlung stimmt die Apanage nieder – und sie müssen ihrer Wege gehen. Das ist der Weg der gesetzlichen Reformen! Nicht wahr, Herr Engländer?«

»Ganz richtig,« erwiderte der Engländer. »Unsere Königin hat das Recht, Krocket zu spielen und Ball zu schlagen, aber in die Politik darf sie sich nicht mischen.«

»Aber die Kriege! Die Kriege! Werden die je aufhören?« wendete der Spanier ein.

»Wenn die Frau das Stimmrecht hat, werden die Armeen restringiert werden,« sagte Herr von Bleichroden. »Nicht wahr, meine Gattin?«

Frau von Bleichroden nickte zustimmend.

»Denn,« fuhr Herr Bleichroden fort, »welche Mutter will ihren Sohn, welche Frau ihren Mann, welche Schwester ihren Bruder in diese Gemetzel lassen? Und wenn niemand da ist, der die Menschen gegeneinander aufhetzt, dann wird der sogenannte Rassenhaß verschwinden. Der Mensch ist gut, aber die Menschen sind böse, meinte unser Freund Jean-Jacques, und er hatte recht. Warum sind die Menschen hier in diesem schönen Lande friedlicher? Warum sehen sie vergnügter aus als anderswo? Ja, sie haben nicht täglich und stündlich diese Zuchtmeister über sich, sie wissen, daß sie selbst bestimmt haben, wer sie regieren soll, sie haben vor allem so wenig vor sich, das sie beneiden oder das sie verletzt. keine königlichen Korteges, keine Wachtparaden, keine Galavorstellungen, die den schwachen Menschen verlocken, das Prächtige, aber Unwahre anzubeten. Die Schweiz ist das kleine Miniaturmodell, nach dem das Europa der Zukunft aufgebaut werden muß.«

»Sie sind Optimist, mein Herr?« sagte der Spanier.

»Ja,« sagte Herr von Bleichroden, »ehemaliger Pessimist.«

»Sie glauben also,« fuhr der Spanier fort, »daß, was in einem kleinen Lande wie die Schweiz mit drei Millionen Menschen und nur drei Sprachen durchführbar ist, sich auch in dem ganzen großen Europa durchführen ließe?«

Herr von Bleichroden schien von Zweifeln befallen, als eine der Tirolerinnen das Wort nahm:

»Verzeihen Sie, Herr Spanier,« sagte sie, »Sie zweifeln, daß das in Europa mit seinen sechs oder sieben Sprachen möglich wäre? Das Experiment ist zu kühn, meinen Sie, bei so vielen Nationalitäten! Aber wenn ich Ihnen ein Land mit zwanzig Nationalitäten zeigte: Chinesen, Japaner, Neger, Rothäute und alle Nationen Europas in einem Lande durcheinander gewürfelt, das wäre doch das Erdballreich der Zukunft. Nun wohl, ich habe es gesehen, denn ich war in – Amerika.«

»Bravo,« sagte der Engländer, »der Herr Spanier ist geschlagen.«

»Und Sie, Herr Franzose,« fuhr die Tirolerin fort, »Sie trauern um Elsaß-Lothringen! Ich sehe es. Sie glauben, daß ein Revanchekrieg unvermeidlich ist, denn Sie glauben nicht, daß Elsaß-Lothringen weiter deutsch bleiben kann. Sie glauben, daß Sie vor einer unlösbaren Frage stehen!«

Der Franzose seufzte zustimmend.

»Nun wohl, wenn Europa das wird, als was Herr von Bleichroden die Schweiz bezeichnet, ein Staatenbund, dann wird Elsaß-Lothringen weder französisch noch deutsch sein, sondern es ist ganz einfach – Elsaß-Lothringen! Ist die Frage dann gelöst? –

Der Franzose erhob artig sein Glas und dankte mit einer Neigung des Kopfes und einem wehmütigen Lächeln.

»Sie lächeln,« fuhr das mutige Mädchen fort, »wir haben allzu lange gelächelt, das Lächeln der Verzweiflung, des Mißtrauens, wir wollen es nicht mehr. Sie sehen uns ja alle aus den meisten Ländern

Europas hier. Zwischen unseren vier Pfählen, wenn keine Spötter uns hören, da können wir sprechen, wie es uns ums Herz ist, aber in der Volksversammlung, in der Zeitung, im Buch, da sind wir feig, da wagen wir uns nicht dem Gelächter auszusetzen, und so schwimmen wir mit dem Strom. Was hilft es, auf die Länge zu höhnen? Das Höhnen ist die Waffe der Feigheit. Man hat Angst um sein Herz. Ja, es ist schrecklich, sein Innerstes an der Ladentüre zu sehen, aber die Eingeweide der anderen auf dem Schlachtfelde zu sehen, bei Musik und dem erwarteten Blumenregen bei der Heimkehr und dem Einzug, das geht ganz gut. Voltaire spottete, weil er doch um sein Herz Angst hatte. Aber Rousseau schnitt sich bei lebendigem Leibe auf, riß sich das Herz aus der Brust und hielt es zur Sonne, wie die alten Azteken, wenn sie opferten – o, in ihrem Wahnwitz war doch Methode! – Und wer hat die Menschheit umgestaltet, wer hat uns gesagt, daß wir auf falschem Wege waren? Rousseau! Genf, dort drüben, verbrannte seine Bücher, aber das neue Genf hat Rousseau ein Denkmal errichtet. Was wir und alle hier einzeln denken, das denken alle für sich! Gebt uns nur Freiheit, es laut zu sagen!«

Die Russen erhoben ihre schwarzen Teegläser und schrien in ihrer Sprache Worte, die nur sie verstanden. Der Engländer füllte sein Glas und wollte einen Toast sprechen, als das Dienstmädchen hereinkam und ihm ein Telegramm gab. Das Gespräch verstummte einen Augenblick, und der Engländer las mit sichtlicher Bewegung sein Telegramm, worauf er es zusammengeknüllt in die Tasche steckte und in Gedanken versank. Das Diner näherte sich seinem Ende, und draußen dämmerte es. Herr von Bleichroden saß still in die Betrachtung der wunderschönen Landschaft versunken. Der Mont Grammont und die Dent d'Oche wurden schräg von der letzten Röte der untergehenden Sonne beleuchtet, die die Weingärten und Kastanienhaine am savoyischen Ufer rosig färbte. Die Alpen schimmerten in der feuchten Abendluft und schienen aus demselben luftigen Stoff wie das Licht und die Schatten zu bestehen. Sie standen wie unkörperliche, hohe Naturwesen da; dunkel, schaurig die Rückseite, drohend, düster die Schluchten, aber die Vorderseite, die sie der Sonne zuwandten, licht, lächelnd, sommerfroh. Er dachte an die letzten Worte der Tirolerin, und er glaubte den Mont Grammont als ein ungeheures Herz zu sehen, die Spitze gen Himmel, als das rauchende, verwundete, narbige, bluttriefende Herz der ganzen Menschheit, das sich in einem einzigen großen Opfer der Sonne zuwandte, um alles zu geben, das Beste, das Kostbarste, um alles zu empfangen.

Da wurde der dunkle, stahlblaue Abendhimmel von einem Lichtstreif durchschnitten, und über Savoyens flachem Ufer stieg eine Rakete von ungeheuren Dimensionen auf, sie stieg hoch, scheinbar so hoch wie die Dent d'Oche, sie hielt inne, so, als sähe sie sich auf der schönen Erde um, ehe sie zerstob. Es dauerte ein paar Sekunden, dann begann der Fall, aber sie sank nur einige Meter, als sie mit einem Knall explodierte, der erst nach ein paar Minuten Vevey erreichte, und nun wickelte sich etwas wie eine große, weiße Wolke aus, die rechteckige Form annahm, eine Flagge aus weißem Feuer, und einen Augenblick später knallte noch ein Schuß, und auf dem weißen Felde zeichnete sich ein rotes Kreuz ab.

Alle Tischgäste waren aufgesprungen und auf die Veranda geeilt.

»Was bedeutet dies?« rief Herr von Bleichroden erregt. Niemand konnte antworten, denn nun stieg über den Spitzen Voirons ein ganzer Raketenschwarm wie aus einem Krater auf und streute ein Feuerbukett aus, das der ungeheure Spiegel des ruhigen Sees wiedergab.

»Ladies and Gentlemen,« erhob der Engländer seine Stimme, während ein Diener ein großes Tablett mit eingeschenkten Champagnergläsern auf den Tisch stellte. »Ladies and Gentlemen,« wiederholte er, »dies bedeutet, wie ich aus dem eben eingetroffenen Telegramm erfahre, daß der erste internationale Schiedsgerichtshof in Genf seine Arbeit beschlossen hat. Das bedeutet, daß ein Krieg zwischen zwei Völkern, oder was schlimmer gewesen wäre, ein Krieg gegen die Zukunft, verhindert ist, daß hunderttausend Amerikaner und ebenso viele Engländer diesem Tage vielleicht zu danken haben, daß sie noch am Leben sind. Der Alabamakonflikt ist zugunsten, nicht Amerikas, sondern des Rechts, nicht zum Nachteil für England, sondern zum Wohl für die Zukunft gelöst. Glauben Sie noch, Herr Spanier, daß Kriege unvermeidlich sind? Lächeln Sie noch, Herr Franzose, so lächeln Sie mit dem Herzen und nicht mit den Lippen. Und Sie, mein deutscher Herr Pessimist, glauben Sie jetzt, daß die Franktireurfrage ohne Franktireurs oder Füsilierungen gelöst werden kann, aber eben nur auf diese Weise! Und Sie, meine Herren Russen, ich kenne Sie nicht persönlich, aber Ihre moderne Forstwirtschaft mit dem Köpfen der Bäume, glauben Sie, daß sie so ganz richtig ist? Glauben Sie nicht, daß es besser ist, sich an die Wurzel zu halten? Es ist bestimmt sicherer und ruhiger. – Ich sollte mich als Engländer heute geschlagen fühlen, aber ich bin stolz auf mein Land, das ist, wie Sie wissen, der Engländer immer, aber heute habe ich ein Recht, es zu sein, denn England ist die erste europäische Macht, die an das Urteil ehrlicher Männer appelliert hat, anstatt an Eisen und Blut. Und ich wünsche Ihnen und allen viele solche Niederlagen, wie wir sie heute erlitten haben, denn das wird uns lehren, zu siegen. Erheben Sie Ihr Glas, Ladies and Gentlemen, hoch für das rote Kreuz, denn in diesem Zeichen werden wir sicherlich siegen.

*

Herr von Bleichroden blieb in der Schweiz. Er konnte sich von dieser Natur nicht losreißen, die ihn in eine andere Welt versetzt hatte, schöner als die, die er verlassen.

Zuweilen hatte er Rückfälle seines bösen Gewissens, die sein Arzt nur einer Nervosität zuschrieb, wie sie bei den Kulturmenschen von heute nur zu häufig vorkommt. Herr von Bleichroden beschloß das Problem des Gewissens in einer kleinen Schrift zu ergründen, die er zu veröffentlichen beabsichtigte. Sein Exposé, das er seinen Freunden vorlas, enthält recht beherzigenswerte Dinge. Er ist nämlich mit seinem deutschen Tiefsinn in den innersten Kern der Sache eingedrungen und hat entdeckt, daß es zwei Arten von Gewissen gibt, erstens das natürliche, zweitens das artifizielle. Das erstere Gewissen ist, meint er, unser natürliches Gefühl für das Rechte. Dieses Gewissen war es, das ihn so schwer bedrückte, als er die Freischärler erschießen ließ. Davon konnte er sich nur befreien, indem er sich beständig als ein Opfer der herrschenden Klasse betrachtete. Das artifizielle Gewissen bestehe hingegen a) in der Macht der Gewohnheit, b) in den Geboten der herrschenden Klasse. Die Macht der Gewohnheit lastete so schwer auf Herrn von Bleichroden, daß ihm zuweilen, wenn er gerade am Vormittag spazieren ging, der Gedanke kam, daß er seinen Dienst im geologischen Bureau versäumt habe, und dann wurde er unlustig, unruhig, und es war ihm zumute wie einem Knaben, der die Schule geschwänzt hat. Und er strengte sich unglaublich an, um sich vor seinem Gewissen damit zu rechtfertigen, daß er ja seinen Abschied genommen und erhalten hatte. Aber dann tauchte das Amtszimmer auf: die Kameraden, die einander bewachten, um beim anderen jenen Fehltritt zu entdecken, der zu seiner eigenen Beförderung werden konnte; die Vorgesetzten, die atemlos auf Orden und Ernennungen warteten, und es war ihm zumute, als sei er durchgebrannt. Dann kamen auch Anfechtungen jenes Gewissens, das die Gebote der herrschenden Klasse dem Menschen auferlegen. Das erste Gebot: König und Vaterland zu lieben, das fiel ihm schwer, zu halten. Der König hatte dieses Vaterland in das Elend des Kriegs gestürzt, um einem Verwandten ein neues Vaterland zu verschaffen, das heißt ihn aus einem Preußen zu einem Spanier zu machen. Hatte da der König sein Vaterland geliebt? Hatten die Könige überhaupt ihr Vaterland geliebt? England wurde von einer Hannoveranerin regiert, Rußland wurde von einem deutschen Kaiser beherrscht und sollte bald eine dänische Kaiserin bekommen, Deutschland hatte eine englische Königin, Frankreich eine spanische Kaiserin, Schweden einen französischen König und eine deutsche Königin. Wenn man nach so hohen Vorbildern seine Nationalität wechselte, wie man einen Rock wechselt, dann, meinte Herr von Bleichroden, könnte der Kosmopolitismus eine glänzende Zukunft vor sich haben. Aber die Gebote der Obrigkeit, die im Widerspruch damit standen, was die Praxis der Obrigkeit ihm auferlegte, bedrückten ihn! Er liebte sein Land wie die Katze ihren Ofen, aber er liebte nicht das Land als Institution. Die Regierung brauchte die Nationen als Wehrpflichtige, als Steuerzahler, als Stützen des Throns, denn ohne Nationen könnte es keine Fürstenhäuser geben. Darum diese immer wiederkehrenden Verbote gegen die Auswanderung!

Als Herr von Bleichroden zweieinhalb Jahre in der Schweiz gewesen war, erhielt er eines Tages einen Ruf von Berlin, heimzukehren, denn es begannen Kriegsgerüchte umzugehen. Dieses Mal galt es Preußen gegen Rußland, dasselbe Rußland, das vor drei Jahren Preußen seine »moralische« Unterstützung gegen Frankreich geliehen hatte. Herr von Bleichroden fand es nicht mit seinem Gewissen vereinbar, nun gegen seine Freunde zu ziehen, und da er bestimmt wußte, daß beide Nationen einander nicht übel wollten, beratschlagte er mit seiner Frau, wie er sich in diesem neuen Dilemma benehmen sollte, denn er wußte aus Erfahrung, daß das Gewissen des Weibes sich mehr dem des Naturgesetzes nähert als das des Mannes. Die Frau antwortete, nachdem sie die Sache bei sich selbst erwogen hatte:

»Deutscher sein, ist doch mehr als Preuße sein, darum wurde der Deutsche Bund gegründet. Europäer sein, ist also mehr als Deutscher sein, Mensch sein, mehr als Europäer. Du kannst die Nation nicht ›ändern‹, denn alle ›Nationen‹ sind Feinde, und man geht nicht zu Feinden über, wenn man nicht Monarch ist wie Bernadotte, oder General-Feldmarschall wie Graf Moltke. Es bleibt dir also nichts anderes übrig, als dich neutralisieren zu lassen. Laß uns Schweizer werden! Die Schweiz ist keine Nation!«

Herr von Bleichroden betrachtete die Frage als so glücklich und einfach gelöst, daß er sich sogleich erkundigte, wie er sich neutralisieren lassen könnte. Man denke sich seine Überraschung und Freude, als er erfuhr, daß er schon alle Bedingungen erfüllt hatte, um sogleich Schweizer Bürger zu werden (in diesem Lande gibt es nämlich keine Untertanen), da er seit zwei Jahren im Lande wohnte.

Herr von Bleichroden ist jetzt neutralisiert, und obgleich er so sehr glücklich ist, liegt er noch immer, allerdings seltener, in Fehde mit seinem Gewissen.

Über tredition

Eigenes Buch veröffentlichen

tredition wurde 2006 in Hamburg gegründet und hat seither mehrere tausend Buchtitel veröffentlicht. Autoren veröffentlichen in wenigen leichten Schritten gedruckte Bücher, e-Books und audio-Books. tredition hat das Ziel, die beste und fairste Veröffentlichungsmöglichkeit für Autoren zu bieten.

tredition wurde mit der Erkenntnis gegründet, dass nur etwa jedes 200. bei Verlagen eingereichte Manuskript veröffentlicht wird. Dabei hat jedes Buch seinen Markt, also seine Leser. tredition sorgt dafür, dass für jedes Buch die Leserschaft auch erreicht wird.

Im einzigartigen Literatur-Netzwerk von tredition bieten zahlreiche Literatur-Partner (das sind Lektoren, Übersetzer, Hörbuchsprecher und Illustratoren) ihre Dienstleistung an, um Manuskripte zu verbessern oder die Vielfalt zu erhöhen. Autoren vereinbaren direkt mit den Literatur-Partnern die Konditionen ihrer Zusammenarbeit und partizipieren gemeinsam am Erfolg des Buches.

Das gesamte Verlagsprogramm von tredition ist bei allen stationären Buchhandlungen und Online-Buchhändlern wie z. B. Amazon erhältlich. e-Books stehen bei den führenden Online-Portalen (z. B. iBookstore von Apple oder Kindle von Amazon) zum Verkauf.

Einfach leicht ein Buch veröffentlichen: **www.tredition.de**

Eigene Buchreihe oder eigenen Verlag gründen

Seit 2009 bietet tredition sein Verlagskonzept auch als sogenanntes "White-Label" an. Das bedeutet, dass andere Unternehmen, Institutionen und Personen risikofrei und unkompliziert selbst zum Herausgeber von Büchern und Buchreihen unter eigener Marke werden können. tredition übernimmt dabei das komplette Herstellungs- und Distributionsrisiko.

Zahlreiche Zeitschriften-, Zeitungs- und Buchverlage, Universitäten, Forschungseinrichtungen u.v.m. nutzen diese Dienstleistung von tredition, um unter eigener Marke ohne Risiko Bücher zu verlegen.

Alle Informationen im Internet: **www.tredition.de/fuer-verlage**

tredition wurde mit mehreren Innovationspreisen ausgezeichnet, u. a. mit dem Webfuture Award und dem Innovationspreis der Buch Digitale.

tredition ist Mitglied im Börsenverein des Deutschen Buchhandels.

Dieses Werk elektronisch lesen

Dieses Werk ist Teil der Gutenberg-DE Edition DVD. Diese enthält das komplette Archiv des Projekt Gutenberg-DE. Die DVD ist im Internet erhältlich auf **http://gutenbergshop.abc.de**

Zeitfracht Medien GmbH
Ferdinand-Jühlke-Straße 7
99095 Erfurt, Deutschland
produktsicherheit@kolibri360.de